Domnik Spencer

Roter Sekt

Ein Kriminalroman

AF140647

Domnik Spencer

Roter Sekt

Ein Kriminalroman aus der Deisterregion

Impressum

Korrigierte Neuauflage

Bibliografische Information der Deutschen Nationalbibliothek:
Die Deutsche Nationalbibliothek verzeichnet diese Publikation in der Deutschen Nationalbibliografie; detaillierte bibliografische Daten sind im Internet über http://dnb.dnb.de abrufbar.

Herstellung und Verlag: BoD – Books on Demand, Norderstedt

ISBN: 978-3- 37322-9603-3

Vorwort

Es ist mein erstes Buch, geboren aus Gedanken, die ich schon Mitte 2018 hatte, als ich mit meiner Frau beim Friseur saß. Damals hatte ich nur mein Smartphone dabei und tippte die Krimigedanken mühsam ins Handy, während meine Frau noch unter der Trockenhaube sitzen musste, um die neue Haarfarbe einwirken zu lassen. Plötzlich sprudelten die Gedanken nur so heraus und sie ergaben sogar einen Sinn. „Na gut", dachte ich, „Hast du halt mal wieder eine kleine Geschichte für die Kollegen im Büro, um sie auf den dort ungenutzten Bücherschrank aufmerksam zu machen."

Doch als ich mir eines Abends mal einen Schreibblock nahm, um einen Leitfaden zu erfassen, schrieb ich drei Din-A 4 Seiten herunter. Nicht alles konnte ich in dieses Buch integrieren, aber von da an wusste ich, jetzt geht's los.

Weitere Impulse bekam ich auf einer Wochenendfahrt nach Hamburg. Die drei Tage waren großartig, aber auch anstrengend. Bis morgens um halb fünf war ich in der Hotelbar, um Charaktere zu sammeln und auf einen Zettel zu schreiben.

Ich hoffe, es ist unterhaltsam und soll Sie als Leser aus dem Alltäglichen herausholen.

Ihr

Domnik Spencer

Kap.1: Freitag, 01.09.2017, 15:27 Uhr

Ihre langen blonden Haare wehten im lauen Fahrtwind. Seit mehr als zwei Stunden waren Pauline und Erik schon mit dem Mountainbike im Deister unterwegs, immer bergauf, da Erik eine superschnelle Abfahrt kannte. Sie genoss die Rückansicht ihres Vordermannes. Beim Anblick spürte sie, wie ihr Herz klopfte und es in ihrem Bauch kribbelte.

Kurz nach eins heute Mittag holte Erik sie mit dem Mountainbike in Bredenbeck ab. Ihre Fahrt führte über die Deisterstraße in Richtung des ehemaligen Kalkwerkes und anschließend den Brandweg hinauf. Im Winter bei Schnee wird dieser steile Anstieg gern als Rodelpiste genommen. Selbst aus den Vororten von Hannover, Ronnenberg und Empelde, strömen die Rodler oder Wintersportler in den Deister, um genau hier hinunter zu fahren.

Beide sind bergan bis zum Schwarzen Weg gefahren. Dort mussten sie erst einmal verschnaufen. Nach zwei Minuten ging es weiter in Richtung Annaturm, zwar nicht mehr so steil, aber trotzdem langsam immer höher. Sie kamen am Taternpfahl vorbei, ließen diesen aber links liegen und fuhren weiter geradeaus. Nach weiteren 45 Minuten hatten sie ihr erstes Etappenziel, den Annaturm, erreicht.

Sie stiegen von ihren Rädern und gingen in die dortige Waldgaststätte. Pauline bestellte sich eine Portion Pommes mit Mayo, Erik eine Portion Bratkartoffeln mit drei

Spiegeleiern, er hatte seinen Freunden Jannes und Marvin etwas versprochen. Jedoch musste er erst eine geeignete Stelle finden, um seine Planung in die Tat umzusetzen.

Nach dem Essen stiegen sie auf den Annaturm und genossen den herrlichen Ausblick. Heute war glasklares Wetter und die beiden konnten bis zum Steinhuder Meer sehen. Als sie auf der Aussichtsplattform den Annaturm einmal umrundet hatten, um in die Ferne zu sehen, stiegen sie wieder hinunter. Die Fahrradtour war ja noch nicht zu Ende. Sie setzen ihre Helme wieder auf, denn ab jetzt verlief die Strecke nur noch bergab. Nach 700 Metern bogen sie links vom Schwarzen Weg ab und waren jetzt an der besagten Abfahrt. Erik startete als Erster, Pauline fuhr ein paar Meter hinter ihm.

Die Fahrt wurde nun immer schneller und gefährlicher. Sie dachte bei sich: „Hoffentlich kommt uns niemand entgegen, sonst können wir nicht mehr ausweichen, so eng, wie es hier ist."

Pauline umfasste den Lenker fester, da das Tempo zunahm und der unbefestigte Pfad so manches Schlagloch aufwies, so dass auch ihre Hände anfingen zu kribbeln. Bei Tempo sechzig huschten links und rechts die Bäume im Abstand von knapp einem Meter so schnell vorbei, dass sie kaum weitere Dinge wahrnehmen konnte. Sie bremste leicht ab und blieb wachsam. Erik vor ihr hingegen war noch schneller und sprang, stehend auf den Pedalen seines Rades, über jedes Schlagloch. Dabei stieß er jedes Mal einen Freudenschrei heraus.

Zum Glück wurde der Abstand zwischen ihr und Erik größer. „Dann kann ich wenigstens rechtzeitig bremsen", kam es Pauline kurz in den Sinn.

Nach gut zehn Minuten war die rasante Fahrt vorbei. Der Weg wurde wieder flacher und Erik bremste ab. An einem Stapel von ungefähr vierzig Bäumen, die zur Abholung markiert waren und die Sicht dahinter verdeckten, stieg er von seinem Rad und nahm seinen Rucksack ab. Pauline keuchte noch mehr als Erik von der rasanten Fahrt. Beide setzten sich auf den ersten Baum, der am dichtesten am Waldweg lag.

„Man, war das geil!", jubelte Erik, „Möchtest Du auch was trinken?"

Pauline, immer noch schwer atmend, nickte nur mit dem Kopf. Sie staunte nicht schlecht, als er eine kalte Flasche Sekt aus dem Rucksack holte mit den Worten: „Geschüttelt, nicht gerührt", und fing an zu lachen. Da musste Pauline auch loskichern. Sogar an Trinkbecher hatte er gedacht.

„Klasse Idee Erik! Aber woher hast Du die Sektflasche?"

Erik druckste ein bisschen herum und bekam rote Wangen.

„Aus dem Keller meiner Eltern, da stand eine ganze Kiste herum. Kannst Du mal die Becher halten, ich kippe uns was ein."

Der rote Sekt sprudelte beim Eingießen über den Rand und Pauline trank schnell den Schaum ihres Bechers ab. Im nächsten Moment erklärte Erik ihr: „Pauline, wir haben dasselbe Hobby, sind in derselben Klasse und ich", er lief noch ein bisschen roter an, „ich mag Dich."

Nun klopfte ihr Herz stärker als bei der schnellen Fahrt.

„Ich Dich auch!", äußerte sie sich und blickte strahlend in seine Augen, „Und ich habe schon eine ganze Weile ein Auge auf Dich geworfen."

„Das habe ich doch gemerkt!", erklärte Erik, so cool wie es ging, „Deshalb der Sekt, wenn Du magst."

Sie tranken beide einen Schluck. Danach küssten sie sich und drückten sich beide fest aneinander, so dass Erik ihre Brüste durch sein T-Shirt spürte. Nachdem ihre Becher zum dritten Mal leer waren, war auch die Flasche leer und der Sekt zeigte seine Wirkung, auch bei Erik. Nun gut, dachte Pauline mit ihren 16 Jahren, das reicht jetzt auch, schließlich mussten sie noch knapp zehn Kilometer nach Hause fahren.

Ermutigt vom Sekt, mit den Gedanken wieder kurz bei seinen Freunden Jannes und Marvin, packte Erik plötzlich energisch ihre Hand. Er führte sie um den Holzstapel herum, weg vom Weg, um nicht gesehen zu werden.

Sie wehrte sich nicht. Beide bahnten sich den Weg durch den dichten Farn. Als sie hinter den gefällten Bäumen waren, fing Erik an, sie sanft zu streicheln und zu küssen. Er hatte schon mal eine Freundin. Für Pauline war es zwar auch nicht das erste Mal, aber Erik ist für sie die erste große Liebe und sie genoss das herrliche Gefühl auf ihren Lippen, als er sie sanft küsste. Erik begann ihren Pulli hochzuschieben, doch Pauline erklärte ihm zwischen den Küssen:

„Hey, nicht hier… Komm, wir fahren zu mir, meine Eltern sind heute zum Karten spielen bei den Nachbarn. Außerdem ist es zuhause bei mir auch gemütlicher."

Nachdem beide, gefühlt nach einer halben Ewigkeit, die Augen nach den vielen Küssen aufmachten, um wieder auf den Weg zurück zu gehen, entdeckten sie in knapp drei Meter Entfernung, halb bedeckt unter einem Farnbusch, eine lila Jacke.

Pauline wollte schreien, aber es ging nicht mehr. So schnell sie konnte, schloss sie ihre Augen und drückte sich fester an Erik heran. Er drehte sich ebenfalls herum. Wie von selbst wählte Erik den Notruf auf seinem Handy, ohne vorher ein Bild zu machen, denn das, was er sah, wollte er nicht noch einmal sehen.

Kap. 2: Freitag, 01.09.2017, 16:35 Uhr

Als Hauptkommissar Edmund Schaft mit seinem Kollegen Oberkommissar Heinrich Hoelst von der Mordkommission aus dem Dienstwagen stiegen, sahen sie in einiger Entfernung viel Gewusel in diesem Teil des Deisters. Der Leichenwagen, weitere Polizeibeamten, die das Gelände weiträumig abgesperrt hatten, die Spurensicherung sowie die Gerichtsmedizinerin Juliane Moder mit ihrem Praktikanten Jens Zündel waren schon vor Ort. Heinrich hatte sich in Wennigsen verfahren und war versehentlich in Richtung Waldschwimmbad abgebogen, aber sie konnten den Tatort nur über den Waldkater erreichen. Der Beamte aus der Polizeistation Wennigsen kannte die beiden und ließ diese zum Tatort durch, trotzdem zeigten beide ihren Ausweis automatisch ordnungsgemäß vor.

Die Lokalpresse war auch schon vor Ort und versuchte aus den beiden Neuankömmlingen irgendwelche Informationen herauszuholen.

„Lassen Sie uns durch, Sie behindern hier die Polizeiarbeit!", schnauzte Heinrich einen Vertreter der Presse an.

„Die Leser haben ein Recht darauf zu erfahren, was hier los ist. Wissen Sie schon, wer die Tote ist?", fragte der Reporter den Hauptkommissar. Edmund antwortete nicht. Er stutzte jedoch und dachte: „Woher oder von wem hatte er denn die Information schon erfahren?"

Als sie dichter am Tatort, oder besser gesagt, an den Fundort der Leiche herantraten, zuckten die Blitzlichter der Kameras von den Kollegen der Spurensicherung.

Die in weißen Overalls gekleideten Mitarbeiter wirkten in dieser Umgebung wie Marsmännchen, nur nicht in grün. Der Leiter der Spurensicherung Achim Bär kam auf Edmund und Heinrich hinzu und erstattete einen Kurzbericht.

„Wir haben am Weg Reifenspuren, vermutlich von einem Wagen mit viel PS, sowie ein paar Bluttropfen gefunden. Wahrscheinlich ist das Blut beim Ausladen des Opfers heruntergetropft. Wir gießen gerade noch einen Abdruck der Reifenspuren."

„Wer ist die Tote?"

„Es waren keine Papiere, kein Geld und keine Handtasche dabei. Die Umgebung müssen wir noch absuchen, inklusive des gesamten Weges, von Wennigsen Ortsmitte bis hierher, das wird dauern. Vielleicht hat der Täter die Tasche ja aus dem Fenster oder in irgendeinen Papierkorb geworfen."

„Alles klar, Achim", bedankte sich Heinrich. Edmund nickte nur leicht und ging in Richtung Gerichtsmedizinerin.

„Hallo Juliane, kannst Du schon was zum Todeszeitpunkt sagen?", wollte Edmund wissen. Er kannte Juliane schon knapp zwei Jahre, hatte ab und zu mit ihr beruflich zu tun, allerdings in letzter Zeit nicht mehr so viel, insofern freute er sich insgeheim, dass sie die Untersuchung und auch die Obduktion durchführte. Außerdem war sie die gute Freundin einer Kollegin aus seinem Team.

Sie drehte sich um und gab die Sicht frei auf das Opfer. Entsetzt blieben er und Heinrich stehen, so etwas hatten sie nicht erwartet und vor allem noch nie gesehen. Die Tote hatte quasi ihre linke Gesichtshälfte inklusive der Nase verloren.

„Hübsch, nicht wahr?", merkte Juliane an. „Vermutlich ist das aber nicht die Todesursache, sieht eher nach Wildschein aus. Zum Glück waren die anderen Körperteile noch angezogen, bis auf die Hände, da fehlen auch noch ein paar Finger."

Nach einer weiteren Sekunde fügte sie fast genervt hinzu: „Und frag mich ja nicht, ob es ein Sexualdelikt war. Das wird die Obduktion zeigen."

Sie drehte sich wieder um, ohne eine Antwort haben zu wollen. Zu ihrem Praktikanten sprach sie im ruhigeren Ton: „Jens, mach bitte noch ein paar Fotos von der Leiche inklusive ca. 30cm um die Leiche herum, vielleicht entdecken wir später noch etwas." Sie drehte sich wieder zu Edmund und Heinrich herum. „In fünf Minuten bin ich, sorry, sind wir hier fertig und die Leiche kann dann abtransportiert werden."

„Eine kleine Frage hätte ich aber doch noch. Wieso sind die Hose und das T-Shirt so eingetrübt, sieht nass aus."

„Du kannst ja mal daran riechen, Heinrich!".

„Igitt, nein danke", erwiderte er und schüttelte heftig mit seinem Kopf.

„Na gut", erklärte Juliane, „ist nur Sekt, aber kein roter Sekt und so wie es aussieht, ist der Inhalt einer ganzen Flasche auf ihren Klamotten. Alle weiteren Analysen später im Bericht."

„Danke Juliane und bitte dring…", weiter kam er nicht, denn sie sprach seinen Satz, den sie schon auswendig kannte, weiter mit verstellter Stimme, „dringend den Bericht auf Deinen Tisch, jaja. Bis morgen Vormittag wird es wohl dauern!", und sie drehte sich wieder zur Leiche um.

Edmund war erstaunt, so kannte er Juliane gar nicht. Früher hatte sie selten schlechte Laune. Er sah Juliane ohne ein Wort zu sagen weiter an und stellte dabei fest, dass sie früher auch dünner gewesen ist. „War das der Grund für ihren rauen Ton?", dachte er still in sich hinein.

Nach weiteren zwei Sekunden antwortete er jedoch im ruhigen Ton: „Danke Juliane", drehte sich ebenfalls um und ging mit Heinrich um den Baumstapel herum zurück auf den Weg. Dort wartete schon Andrea Hehlwisch, Kommissarin, sonst mit Heinrich Hoelst im selben Dienstwagen auf Streife unterwegs. Sie hatte ihren heutigen Termin als Zeugin beim Amtsgericht Wennigsen beendet und war gerade auf dem Rückweg zur Dienststelle in Ronnenberg, als sie der Notruf im Ort Lemmie erreichte. Deshalb war sie auch als erste vor Ort und konnte die beiden Jugendlichen bereits beruhigen und befragen.

„Hallo Andrea, wie war es beim Amtsgericht?", erkundigte sich Heinrich und strahlte seine Kollegin an. Er mochte sie irgendwie, da beide seit einem Jahr zusammen auf Streife fuhren. Sie antwortete ihm: „Willst Du wirklich wissen, was beim Amtsgericht los war? Das dauert länger", gab sie ein bisschen zu schnippisch wieder, empfand Heinrich und sein Lächeln versiegte.

Sein Chef Edmund mischte sich nun ein und schaute Andrea mit großen Augen an. Sie verstand die Geste und zählte die Daten der beiden auf.

„Das sind Pauline Engel und Erik Holten, wohnhaft in Bredenbeck. Beide 16 Jahre alt, besuchen die elfte Klasse an der KGS Wennigsen und sind mit dem Mountainbike durch den Wald gefahren. Hier haben sie eine Pause gemacht und …", sie stockte und schaute die Jugendlichen an. Edmund erkannte die Pause holte schon Luft, aber Andrea fuhr fort, „…und haben…"

„Wir haben rumgeschmust und wollten nicht entdeckt werden", fiel Erik der Kommissarin ins Wort. Heinrich fing an zu grinsen und machte einen Kussmund in Richtung Andrea. Andrea blickte ihn strafend an und das Lächeln versiegte erneut.

„Durch den Farn k-k-konnten wir die Tote erst erkennen, als wir zu unseren Fahrrädern z-sch-urückgingen", meldete sich jetzt auch Pauline zu Wort und merkte noch an, „wir haben n-nichts damit zschu tun."

„He, haben Sie was getrunken, Fräulein?", bohrte Heinrich energisch nach. Pauline lief rot an und nickte dem Oberkommissar schweigend zu.

„Ich habe eine leere Flasche roten Sekt und Becher in seinem Rucksack gefunden", erläuterte die junge Kommissarin. „Aber ich denke, wir sollten den Alkoholbesitz nicht an die große Glocke hängen, schließlich haben diese beiden uns sofort informiert und die Position mit seinem Handy an uns übermittelt." Mit diesen Worten schloss sie ihre Ausführungen nickte und Edmund verstand den Nicker.

„Danke Andrea, sind die Eltern der beiden informiert?", erkundigte sich Heinrich nun sehr neutral. Andrea wollte gerade antworten, als Erik erneut erklärte: „Ich habe sie gleich nach dem Notruf angerufen, sie stehen noch da hinten vorm Absperrband, war doch okay, oder?"

„Natürlich!", lobte Edmund. Er gab dem dort stehenden Beamten ein Zeichen und die Eltern, die nahe bei dem Zeitungsreporter standen, durften passieren, da die Leiche schon abtransportiert war. Nun war ihm klar, von wem der Zeitungsreporter die Informationen von der Toten hatte.

Die Eltern kamen eilends herbei und stellten die üblichen Fragen: „Geht's Euch gut? Was ist passiert?"

„Uns geht's gut", antwortete Erik. Pauline sagte nun aber lieber nichts mehr, schob sich ein Kaugummi in den Mund und gab Erik auch eins. Darauf hätte sie ja schon früher kommen können, dachte sie.

Der Hauptkommissar wendete sich wieder Heinrich zu.

„Heinrich, bitte mit Andrea die Personalien komplett aufnehmen, Visitenkarte von unserer Abteilung mitgeben und aus meiner Sicht dürfen die beiden und die Eltern anschließend nach Hause!"

Edmund wandte sich an die Jugendlichen: „Wollt Ihr mit dem Fahrrad fahren oder sollen wir Euch nach Hause bringen?"

Wie aus einem Mund antworteten Erik und Pauline: „Wir fahren selbst."

Die Eltern der beiden schüttelten heftig ihre Köpfe. „Kommt nicht in Frage!", entgegnete Monika Engel energisch.

Aber Pauline widersprach im ruhigen Ton: „Aber sonst bekommen wir die Fahrräder nicht nach Hause und die waren doch teuer." Das stimmt auch wieder, gestand sich Paulines Mutter ein.

„Aber wir fahren schön nebeneinander auf dem Radweg von Wennigsen nach Bredenbeck", versprach Erik und grinste dabei, das erste Mal seit dem schrecklichen Fund.

Edmund wusste, was er meinte, denn dabei kann man händchenhaltend nebeneinander herfahren, kam es ihm in den Sinn und nun musste auch er schmunzeln. Er spürte und wusste, dass die beiden nach diesem Vorfall länger zusammenbleiben würden.

So ein schreckliches Ereignis schweißt manchmal eine Beziehung zusammen.

Kap.3: Samstag, 25.10.1993, 22:03 Uhr

Renate Rubel stand an der Kasse ihrer Lieblingsdisco in Laatzen, bezahlte den Eintritt von 5 DM und bekam heute noch einen Gutschein für ein alkoholfreies Getränk gratis dazu. Das Getümmel am Eingang wurde immer mehr und sie war froh, so gut durch die Stadt gekommen zu sein. Sie hatte nach der Arbeit mit ihrer Freundin Mareike zu Abend gegessen und sich anschließend in der Toilette des Restaurants rasch umgezogen, denn sie wollte nicht in den Arbeitssachen, die auch die Gerüche des Restaurants angenommen hatten, in die Disco gehen. Mareike war mit ihrem Freund Klaus in der City unterwegs. Jetzt war sie allein, aufgestylt, frisch geschminkt und wollte noch bei lauter Musik ein bisschen den Alltag vergessen. Und es wurde lauter als sie dichter an die Tanzfläche herankam.

Eigentlich war sie schon müde, aber Mareike hatte immer ein paar Aufputschmittel dabei. Bevor sie die Tanzfläche betrat, steuerte sie noch die Bar an. Dort löste sie gleich den Gutschein ein, trank eine Fanta, warf unbemerkt zwischen zwei Schlucken eine von Mareikes Pillen ein. Es war eigentlich nicht ihre Art, Drogen zu nehmen, aber jetzt brauchte sie etwas, damit sie bis drei Uhr durchhalten konnte.

Und wieder kam ihr Mareike in den Sinn. Sie wurde sogar schon mal von der Polizei erwischt, erst in der zehnten Klasse, ein Jahr später am Hauptbahnhof ‚unterm Schwanz'. Die Menge an Pillen, die sie bei sich hatte, stellte eine Straftat dar und wurde polizeilich aufgenommen. Fingerabdrücke und Blut haben sie ihr auch abgenommen. Schlimme Sache damals und die Gedanken rissen einfach nicht ab.

Renate dachte weiter an sie und landete schließlich beim Schulsport. Damals feuerte sie Mareike immer lautstark an, als diese, flink wie ein Wiesel, der Männerwelt beim Fußballspielen davonlief. Beim anschließenden Duschen war Renate einmal so kribbelig und vergnügt, dass sie sich umarmten, denn auch Mareike fühlte sich zu Renate irgendwie hingezogen. Leider kamen die anderen Mädels aus der Klasse gerade in die Dusche herein. Von da an wurden sie und Mareike gehänselt. Mareike hatte es noch schwerer, deshalb auch das Abrutschen in die Drogenwelt. Aber das mit ihr und Mareike war lange her und nun vorbei. Renate schob die Gedanken endlich beiseite und steuerte geradewegs auf die Tanzfläche zu.

Diese war im hinteren Teil des Gebäudes. Die Tanzfläche war fast quadratisch und an jeder Ecke waren Metallpfeiler, die in knapp drei Metern Höhe untereinander verbunden waren. Dort hingen etliche Lichter, die im Takt der Musik und teilweise als Stroboskop angeschaltet wurden. In der Mitte der Tanzfläche drehte sich eine riesige Discokugel über den Tanzenden und wurde von jeder Seite mit unterschiedlichen Lichtfarben oder Laser angestrahlt. Wie wild tanzten dann die kleinen Lichter der Spiegel über die Tanzfläche. Jeder, der dort tanzte, bekam unweigerlich ein paar Lichtpunkte in die Augen. Renate störte es nicht, denn auf der Tanzfläche war sie in ihrem Element und konnte mehr oder weniger alles vergessen, was sie belastete. Das Pult mit den Plattenspielern und Kassettenrecordern war ca. ein Meter höher als die Tanzfläche. Vier Stufen musste man hinaufsteigen, um den DJ nach einem Titel oder Interpret zu fragen, den man noch nicht kannte.

Die Lichteffekte von den Deckenscheinwerfern, die Musik von *Cuturebeat* mit dem Titel *Mr. Vain* oder *Rhythm is a Dancer* von *Snap* trieben sie in einen Rausch, der Sound und die Bässe dröhnten auf ihren Körper ein und manchmal verspürte sie einen leichten Schwindel.

Nach zwei Stunden gönnte sie sich eine Pause, weil der DJ gewechselt hatte und jetzt nicht mehr ihre Tanzmusik gespielt wurde. Sie erblickte den vorherigen DJ auf dem Weg zur Toilette und quälte sich ein leises „Hallo" heraus. Als sie wieder herauskam und die Tänzer auf der Tanzfläche nach dem Song *Don't walk away* von *Jade* tanzten, stand er im Gang und lächelte sie freundlich an.

„Hi, hast Du Lust auf einen Drink?", fragte er, „Denn ich habe hier alle Getränke frei."

„Ja, habe ich", bestätigte sie etwas schüchtern. Beide verließen den Tanzbereich und gingen zur Bar.

„Ich habe Dich von meinem Pult aus beobachtet. Du tanzt hervorragend zu meinen aufgelegten Musiktiteln und warst ja auch schon häufiger hier, nicht wahr?"

„Gut beobachtet", meinte Renate und bekam ein bisschen Farbe ins Gesicht.

Ich heiße übrigens Darius, und Du?"

„Ich heiße Renate", erklärte sie zögerlich. „Du darfst mich Renni nennen. Ich hasse Renate, konnte mich jedoch als Kind nicht davor wehren."

„Was möchtest Du trinken, Renni? Ich nehme eine Cola."

„Ich möchte bitte ein Bier", entschied sie schnell und vergaß, dass sie ja eine von Mareikes Pillen eingeworfen hatte.

Darius gab die Bestellung an die Bedienung hinter der Bar weiter und keine Minute später waren die Getränke bei ihnen.

Sie erzählten beide von sich und schauten sich lächelnd in die Augen. Renate erzählte ihm von ihrer Arbeit als Frisörin und Darius erklärte ihr, wie er sein Geld als Bankkaufmann und halt nebenbei als DJ verdiente. Er war auch im Kundenbereich der Bank tätig und bot ihr an sie bei Fragen rund ums Geld gern zu unterstützen. Renate bot ihm im Gegenzug an, ab und zu die Haare zu schneiden.

Nach weiteren zehn Minuten befragte er sie, wo sie wohne. Aber sie antwortete nicht, blickte nur starr weiter geradeaus, ohne irgendwie zu reagieren. Er wollte nicht unhöflich sein und berührte nach einigen Sekunden sanft ihren Arm. „He, was ist mit Dir? Bin ich Dir zu schnell?". Sie zuckte zusammen, drehte sich zu ihm um, doch ihr Blick wirkte abwesend. Schließlich blinzelte sie kurz und antwortete benommen: „Eh, wie bitte, was ist?"

Darius erzählte ihr den Vorgang, aber sie konnte sich erst keinen Reim daraus machen oder lag es etwa an dem ‚Muntermacher' von Mareike?

Nun wurde es ihr zu laut in der Disco. Sie hatte das Gefühl ihr Kopf würde platzen und bat Darius, sie nach Hause zu fahren. Da sie heute den Bus und die Straßenbahn benutzt hatte, war es kein Problem. Somit brauchte sie ihren Wagen nicht am nächsten Tag hier abzuholen. Darius informierte noch schnell den anderen DJ und bei dem Titel *That the way love goes* verließen beide die Disco.

Im Wagen sprachen beide nicht viel. Renate gab Darius nur die nötigen Anweisungen für die Fahrt zu ihr nach Hause. Ihr Kopf brummte immer noch und sie versuchte durch leichtes Drücken an ihren Schläfen das Brummen zu besänftigen. Tatsächlich wurde es von Minute zu Minute weniger.

Nach der zwanzigminütigen Fahrt mit dem aufgemotzten Ford Fiesta ging es ihr wieder besser und sie stieg an ihrer Wohnung in Pattensen aus dem Wagen. Sie bewohnte die Dachwohnung im dritten Stock in einem Mehrfamilienhaus. Pflichtbewusst bedankte sie sich bei Darius und erkundigte sich bei ihm, ob er noch Lust auf einen Kaffee habe.

„Sehr gern, Renni." Er parkte seinen Wagen auf einen extra für die Hausbewohner angelegten Parkplatz mit dem Schild ‚**Gäste**'. Die anderen Parkplätze waren alle durch die Hausbewohner belegt. Das erkannte Darius an den Nummernschildern, die vor jeder Parkbucht standen und die Fahrzeuge dahinter dieselben Nummern als Kennzeichen aufwiesen.

Als er zurück bei Renate war, die auf der gegenüberliegenden Straßenseite gewartet hatte, fasste er entschlossen ihre Hand an. Nun strahlte Renate genauso wie Darius, denn es war nicht das erste Mal, dass er an sie denken musste, jedoch nie den Mut hatte, sie anzusprechen. So gingen beide nun Hand in Hand in ihre Wohnung zum ‚Kaffee trinken'.

Kap. 4.: Samstag, 02.09.2017, 06:17 Uhr

Wie in Trance drehte sie den Schlüssel im Schloss zu ihrer Wohnung um. Drinnen angekommen, zog sie ihre Jacke aus, streifte die Sneakers ab und schüttelte die Schuhe mit den Füßen in die Ecke zu den anderen. Sie bewohnte eine Altbauwohnung in Barsinghausen mit vier Zimmern und sie liebte Amerika. Auf dem Weg zu Marilyn, einem Zimmer voller Dinge von und mit dieser wunderschönen aber auch toten Frau, bog sie in ihre Küche ab. Dort drückte sie die Taste am Kaffeeautomat für eine große Tasse Kaffee Creme medium, nachdem sie eine Tasse mit der ‚MM' darauf, abgewaschen hatte. Der restliche Abwasch stand noch von Donnerstag herum und wartete darauf gespült zu werden. Die Küche war modern eingerichtet und sah amerikanisch aus. Es hingen etliche Bilder aus Amerika an den Wänden und über der Kaffeemaschine war ein Metallschild mit der Aufschrift: ‚LAS VEGAS, 20 Miles' platziert. Das Kochfeld war als Insellösung in der Mitte der Küche angebracht, an der Decke darüber war die Dunstabzugshaube befestigt. Auch auf dieser Insel, die sie liebevoll Key West nannte, standen noch schmutzige Töpfe herum, deren Inhalt sie nun entsorgen konnte. „Das muss warten", dachte sie. „Erstmal einen Kaffee bei Marilyn."

Die Tasse mit heißem Kaffee duftete hervorragend und brachte hoffentlich ihre müden Glieder, vor allem die Beine, wieder in Schwung.

„Hallo Marilyn!", sagte sie, und wusste, dass sie nicht antworten würde. An der einen Wand hingen zwölf Bilder von ihr, jedes 40 mal 40 cm groß, in einer anderen

Farbzusammenstellung, abstrakt fast, aber ihr Gesicht nur als Kontierung in schwarz war genau zu erkennen. Alle Bilder hatten dieselbe Kontur, nur der Hintergrund war farblich in Pastellfarben anders aufbereitet. Ansonsten war der Raum in weiß gestrichen, somit hob sich Marilyn hervorragend ab.

Gegenüber in DIN-A0 hing das berühmte Bild in Farbe mit dem wehenden, weißen Kleid über dem U-Bahngitter an der Wand. Unterhalb des großen Bildes setzte sie sich auf ein knallrotes Zweiersofa, welches farblich auf die roten Lippen von Marilyn abgestimmt war. Alles in diesem Raum passte hier hinein. An der Fensterseite, mit Sicht auf den Bahnhof, hing eine Wandlampe mit Marilyn auf dem durchsichtigen Schirm. Wenn sie das Licht anknipste, erstrahlte ihr Spiegelbild an der Decke. Jeder, der in das Zimmer kam, war verblüfft über so viel Schickimicki, der regelmäßig vollstaubte und nur ab und zu gereinigt werden konnte, da ihr Job sie immer mehr forderte. Leider war nicht nur das Sofa rot, sondern auch ihr Konto. Marilyn war teuer. Sie wollte die Beine hochlegen, besann sich aber, trank den Kaffee aus und ging ins Amerikazimmer, eigentlich ihr Esszimmer.

Dieser Raum beinhaltete ein Sideboard aus Eiche, in dem Teller und Gläser verstaut waren. Auf dem Sideboard stand eine kleine Freiheitsstatue und eine Plastik des Mounts Rushmore National Memorial. Sie hatte es aus Amerika mitgebracht, als sie auf einer Ärzte-Tagung in Keystone war und ein Event der Tagung war ein Ausflug dorthin. Gern erinnerte sie sich an die eine Woche, nicht zuletzt, weil sie dort ein Techtelmechtel mit dem jungen Arzt Marc Michel aus Las Vegas hatte. Aber leider wurde nichts aus dieser Beziehung, jedoch der Sex mit Marc in der einen Woche war atemberaubend und schön. Gern wäre sie für immer in Amerika geblieben.

Sie schaute in die Runde und stellte fest, dass das Esszimmer eher einer Bibliothek ähnelte. Auf dem Esszimmertisch stapelten sich Bücher und Zeitschriften, teilweise lose Blätter, Kopien mit Zeichnungen von irgendwelchen Innereien des Menschen. Eine Kopie in DIN-A3 zeigte ein Herz, nach einem Herzinfarkt. Gut konnte man dort das tote Gewebe und die geschädigten Muskelstellen erkennen. Es war geradeso ein Platz frei, an dem sie ihr Essen einnehmen konnte. Meistens Fastfood vom Lieferservice. Dieser Umstand zeigte sich auch in ihrer Figur und somit nahmen die Männer regelmäßig vor ihr Reißaus. Fünfundachtzig Kilo bezeugte ihre Waage jeden Morgen, gut fünfzehn Kilogramm zu viel und das schon fast ein Jahr lang, ihr Übergewicht wollte einfach nicht herunter.

Aber nun musste sie das Zimmer nach dieser anstrengenden Nacht auch noch aufräumen, denn heute Abend wollte ihre Freundin vorbeischauen. Die beiden waren zusammen in derselben Abiturklasse, als sich ihre Wege trennten, ihre Freundin ging zur Polizei, sie wollte praktizierende Ärztin in einem Krankenhaus für Kinder werden. Als jedoch die Stelle als Gerichtsmediziner frei wurde, wechselte Juliane halt die Laufbahn. Ihr Vorgänger Dr. Thaddeus Mönkeburg hatte es vor einem Jahr, im Alter von siebenundsechzig Jahren, geschafft in den Ruhestand einzutreten. Gelegentlich rief sie ihn an oder er lud sie zum Essen in ein Restaurant seiner Wahl ein, wohl wissend, dass Juliane sein Wissen als ehemaliger Gerichtsmediziner gern anzapfte.

Nachdem das Esszimmer sich wieder seiner eigentlichen Berufung von der besten Seite zeigte, ging sie noch schnell ins Wohnzimmer, gab dort ihren exotischen Fischen, die sich in einem siebenhundert Liter Aquarium tummelten, ihr Fischfutter. Danach duschte sie sich schnell den Geruch von der Leichenhalle ab und steuerte nach dem Föhnen ihr Schlafzimmer an. Jetzt war es viertel vor acht. Sie stellte den Wecker auf 17:00 Uhr.

„Das muss heute erst einmal an Schlaf reichen", dachte sie bei sich. Um halb sieben wollte Andrea hier sein und über das männliche Geschlecht mit ihr reden oder darüber herziehen. Während der Plauderstunde wollten sie ein kalorienarmes Abendessen vorbereiten.

Flach auf dem Bett liegend, dauerte es keine zehn Minuten, da schlief sie, trotz des Kaffees, ein.

Aber sie schlief unruhig nach der Obduktion von der Frau mit der lila Jacke.

Kap. 5: Sonntag, 26.10.1993, 04:57 Uhr

Das Schlafzimmer war nur durch eine rote Kerze erleuchtet, die Renate angezündet hatte, als Darius noch da war. Nun war er leider weg. Der Kaffee vorhin machte sie beide wieder munter, das Bier nach dem Kaffee bewirkte, dass Darius lockerer wurde. Renate trank jedoch lieber keinen Alkohol mehr und goss sich einen Orangensaft ein. Sie saßen händchenhaltend in der Küche und schmusten ein bisschen herum. Nach weiteren fünf Minuten stand Renate auf, gab Darius einen Kuss und zerrte ihn ins Schlafzimmer. Völlig überrascht freute er sich zwar, aber gleichzeitig war er es nicht gewohnt das Zepter aus der Hand zu geben. Als sie beide nur noch in Unterwäsche im Schlafzimmer standen und Renate seine Flaute in der Hose sah, nahm sie ihn in den Arm und sagte: „Macht ja nichts, ich war bestimmt zu schnell für Dich." Darius aber konnte nicht mehr viel sagen, es war leider seiner Unterhose anzusehen, dass nichts zu sehen war.

„Tut mir leid, bist Du mir böse?"

Sie gab ihm einen weiteren Kuss, hielt ihn fest umschlungen und antwortete: „Nein, Darius, was nicht ist, kann ja noch werden. Ist wahrscheinlich für heute zu viel und zu schnell gewesen. Beim nächsten Mal wird es besser, glaub mir."

Danach ging alles wie von selbst. Darius zog sich wieder an, verabschiedete sich trotzdem mit einem schnellen Kuss und verließ ihre Wohnung wie ein begossener Pudel und weg war er.

„Schade, Darius ist ein netter Kerl!"

Sie ging ins Bad, putzte ihre Zähne und schminkte sich die Farbe aus dem Gesicht. Rasch zog sie sich aus und einen Pyjama fürs Bett an. Da sie nun doch wacher war und nicht gleich einschlafen konnte, startete sie den Kassettenrecorder in ihrer kleinen Kompaktanlage auf ihrem Nachttisch. Enttäuscht von dem zweiten Teil des Abends lauscht sie der leisen Musik.

Die Kassette von den Eurythmics spielte gerade den Titel: *This City Never Sleeps*. Die deutsche Übersetzung lautet in etwa:

Ich kann das Geräusch der U-Bahnen hören, es fühlt sich an wie ein entfernter Donner.

Es gibt so viele Menschen, die in diesem Haus leben. Und ich kenne nicht einmal alle ihre Namen.

Die Wände sind so dünn, dass ich sie fast atmen hören kann und wenn ich zuhöre, höre ich mein eigenes Herz schlagen.

Genauso war ihre Stimmung, nicht zu wissen, wer noch in diesem Haus wohnt, deren Wände dünn sind und sie nachts manchmal das Schnarchen der Nachbarn hören konnte. Züge und U-Bahnen fuhren hier in Pattensen zwar nicht, aber bald würde der erste Bus an ihrem Haus vorbei in Richtung Hannover fahren. Etliche Mitfahrer aus Pattensen hatten Arbeit in Hannover gefunden. Nur Renate nicht, durch die Geschichte mit Mareike in der Dusche und dem anschließenden Mobbing rutschten auch bei ihr die Noten ab.

So blieb für sie als Ergebnis nur eine Friseurlehre übrig. Dabei hatte sie über die Zeit hinweg festgestellt, dass sie Frauen lieber die Haare schnitt als den Männern. Sie liebte die verschiedenen Düfte an den Frauen.

Vielleicht war das auch der Grund, warum das ‚Kaffee trinken' mit Darius ein Flopp war. Er schien auch aufgeregt gewesen zu sein. Schade, irgendwie mochte sie ihn, aber Sex mit ihm oder die Vorstellung davon, erzeugte leider nicht so ein Kribbeln im Bauch wie bei Mareike.

So lag sie noch eine Weile wach bis sie endlich einschlief und träumte. Und es war ein schöner Traum, denn sie träumte von Mareike.

Kap. 6: Samstag, 02.09.2017, 11:20 Uhr

Als Hauptkommissar Schaft nach einer verkürzten Nacht ins Präsidium kam, war Oberkommissar Hoelst bereits da. Er hockte an seinem Schreibtisch und sein Gesicht sprach Bände. Seit dem gestrigen Nachmittag kriselte es zwischen ihm und Kommissarin Hehlwisch. Sie waren zwar kein Paar, mussten aber zusammen auf Streife fahren. Seit der, so wie er es empfand, Bloßstellung vor den anderen, war seine Laune im Keller.

Zumal er erst jetzt erfuhr, dass Andrea heute frei hat, weil sie bei Julianes Obduktion dabei gewesen war. Edmund Schaft hatte gestern Abend einen wichtigen Termin. Er war mit seiner Frau im Theater in Hannover, so dass Andrea bei der Obduktion teilweise anwesend sein sollte und auch wollte. Teilweise hieß, quasi bis zum Schluss. Von 23:00 Uhr abends bis morgens um 2:00 Uhr war sie mit dabei. Zum Glück durfte der neue Praktikant zu so früher Stunde nicht mehr dabei sein, denn Heinrich vermutete, dass er ein Auge auf Andrea geworfen hatte. Noch ein Grund mehr, jetzt sauer im Büro zu sitzen, ohne zu wissen, was Andrea heute noch alles in ihrer Freizeit so macht.

„Guten Morgen Heinrich, na was sagt uns denn der Bericht von Julianes Obduktion?", begrüßte er seinen Kollegen, wobei er das *Guten Morgen Heinrich* sehr dehnte. Er brauchte nur in sein Gesicht zu sehen und wusste, dass es kein guter Morgen für Heinrich war.

Er ging in sein Büro und fand dort die Akte im Original. Er nahm sie mit an einen weiteren Tisch in seinem Büro, der als Besprechungstisch für sechs bis acht Personen geeignet war. An der Stirnseite stand eine Pinnwand für die Fotos oder sonstigen Infos, die zur Aufklärung der Fälle diente. Quasi gleichzeitig gab er Heinrich einen Wink, er möge auch hereinkommen, um die Unterlagen zu studieren.

Er wollte sich gerade hinsetzen, als er Henriette Steger an der Kaffeemaschine stehen sah. Henriette war die gute Seele in diesem Präsidium, sie war als Archivarin zuständig und wartete nur noch auf den ersten Oktober, denn an dem Tag trat sie ihren Ruhestand an. Da fiel ihm ein, dass er sich noch um ein passendes Abschiedsgeschenk kümmern musste, um abzustimmen, was für Henni gekauft werden sollte.

Er nahm sich einen Zettel aus der Zettelbox und schrieb eine kurze Notiz: ‚Termin für Henni einstellen' und steckte ihn in seine Hemdtasche an der rechten Brustseite. Henni als Spitzname passte zu ihr. Sie war neben der Archivierung von Akten und Protokollen auch für den Kaffee zuständig. Nicht, dass es ihr jemand befohlen hätte, aber nachdem Heinrich sich mal versucht hatte und der Kaffee scheußlich bitter schmeckte, hat sie sich doch berufen gefühlt. Normalerweise hat sie heute frei, aber sie hat den heutigen Tag mit einer Kollegin getauscht, da diese mit ihrem Ehemann in ein verlängertes Wochenende gefahren ist.

So erkundigte Edmund sich bei ihr: „Guten Morgen Henni, ist der Kaffee gerade fertig geworden?".

„Guten Morgen Edmund, das ist schon die dritte Kanne heute Morgen. Soll ich Dir einen großen Pott Kaffee bringen?"

„Ja gern, wie immer mit Milch, aber ohne Zucker."

Da Heinrich schon eine halbe Stunde eher hier war, brachte er seine Tasse mit ins Büro vom Hauptkommissar. Nachdem Henni den Kaffee im Büro auf dem Besprechungstisch abgestellt hatte, verließ sie das Büro und schloss dabei die Tür, denn sie wollte und durfte nichts von dem mitbekommen, was die beiden besprachen.

Als Edmund einen großen Schluck vom herrlichen Kaffee genommen hatte, sah er Heinrich an und holte tief Luft, bevor er die Akte heranzog.

„Na, dann wollen wir mal", und schlug die Akte auf.

Mit brachialer Gewalt kamen als Erstes die Bilder vom Tatort zum Vorschein, diesmal jedoch in Nahaufnahme und gestochen scharf. Das entstellte Gesicht, ein Bild pro Hand und weitere Bilder von dem Rest der Leiche.

Heinrich entfuhr ein: „Mein Gott, das sieht echt gruselig aus, so etwas hatten wir noch nie." Edmund seufzte und stimmte ihm zu: „Ja, da hast Du Recht."

Im Inneren zog sich sein Magen zusammen, er dachte aber bei sich: „Wer das auch war, ich will den Täter finden, koste es, was es wolle."

Sie schauten sich die Ergebnisse von der Obduktion an, schrieben einige Zettel und pinnten sie an die magnetische Wand. Der Bericht von der Spurensicherung wurde für 8:00 Uhr am Montag angekündigt. Edmund schrieb darauf hin noch eine E-Mail an seine Kollegen mit dem Text:

„Montag, halb neun Besprechung in meinem Büro."

Da nun nichts weiter mehr recherchiert werden konnte, verließen beide um halb zwei das Büro und fuhren in ihr Wochenende, in der Hoffnung den Kopf frei zu bekommen, aber als Polizist ist das nicht einfach, wenn nicht sogar teilweise unmöglich. Außerdem hatten beide ihre Diensthandys dabei und konnten jederzeit zurückbeordert werden, wenn es schon vorher Neuigkeiten in diesem Fall gab.

Kap. 7: Freitag, 01.09.2017, 23:05 Uhr

Sie fröstelte, als sie in den kalten Raum eintrat. Juliane und Jens, beide in einem grünen Kittel und weißem Mundschutz, standen schon am Metalltisch, auf dem die Leiche vollständig entkleidet lag. Nur ein dünnes Leinentuch bedeckte sie, so dass ihre weiblichen Konturen trotzdem gut sichtbar hervortraten. Bevor Andrea den Raum betrat, rieb sie sich noch eine Salbe, die nach Minze roch, unter die Nase, damit der Geruch der Leichenhalle sie nicht zum Würgen brachte. Anschließend zog sie den bereitgelegten Kittel und Mundschutz an.

„Hallo Andrea, schön, dass Du da bist. Wir haben auf Dich gewartet. Dein Chef kann ja heute Abend nicht und Heinrich übersteht diese Aktion meistens nicht", erklärte Juliane und musste insgeheim grinsen. Andrea sah es ihr aber trotz des Mundschutzes an.

Juliane wandte sich an Jens. „Jens, ich mache Dich darauf aufmerksam, dass Du ab jetzt freiwillig hier bist. Es werden keine Überstunden gewährt, da Du heute schon mehr als neun Stunden gearbeitet hast."

Andrea fügte hinzu: „He Jens, es ist Freitagabend, kein Date mit Deiner Freundin?"

„Leider nein, habe keine Freundin mehr."

Juliane und Andrea bemitleideten ihn mit einen traurigen „OHHH", mussten aber sofort schmunzeln.

„Naja, sie hat sich geekelt, als ich ihr nur kurz von meinem Praktikum erzählte und sie wollte wohl ihren Freundinnen nicht erzählen, mit wem sie zusammen ist, oder ab jetzt, war. Aber keine Sorge, ab eins ist es in der Disco eh besser als jetzt, außerdem bin ich doch hier mit zwei hübschen Frauen zusammen." Er zwinkerte Andrea zu und sie lächelte unter ihrem Mundschutz zurück.

Nun meldete sich Juliane und erwiderte energisch: „Jens, hier sind *drei* hübsche Frauen, allerdings fehlen der dritten ein paar Finger an den Händen und die Nase im übriggebliebenen Gesicht. Können wir jetzt bitte an- fangen? Ich möchte auch rechtzeitig nach Hause."

Juliane sprach auf ein Diktiergerät die einzelnen Schritte der Obduktion. Andrea war nicht das erste Mal dabei und kannte die Prozedur. Die Analyse der Kleidung hatte Juliane schon vorher auf Band gesprochen. Auch hier gab es merkwürdige Dinge zu entdecken. Sie fügte die Beobachtungen, inklusive der Bilder von den Klei- dungsstücken, der Bearbeitungsakte zur Obduktion hinzu.

Als Erstes betrachtete sich Juliane die Leiche von außen. Immer wieder schaltete sie das Diktiergerät an und sprach die Feststellungen sorgfältig darauf. Unter den Achseln vom Opfer entdeckte sie Griffspuren, ganz of- fensichtlich vom Tragen der Leiche. Am Kopf selbst ent- deckte sie auf der hinteren Seite einen Bluterguss, ein kleines Büschel Haare waren aus- oder weggerissen und mehrere kleine Stückchen Holz in der Kopfhaut. An- scheinend ist das Opfer rückwärts gegen etwas gestoßen oder sie wurde von hinten mit einem holzartigen Gegen- stand auf den Kopf geschlagen. An der rechten Schläfe ist ein weiterer Bluterguss, der von einem harten Gegenstand erst viel später, nämlich nach Eintritt des Todes entstanden ist.

Nun nahm sie sich ein Skalpell in die Hand und schaute vor dem ersten Schnitt ihre beiden Kollegen an. Jens sah, von der Seite betrachtet, ein bisschen grün im Gesicht aus. Auch wenn er in seiner Ausbildung zum Gerichtsmediziner schon etliche Leichen gesehen hatte, war es für ihn am Anfang immer ein bisschen ekelig.

Nun wurde von Juliane der Y-Schnitt mit dem Skalpell auf der Brustseite ausgeführt. Von den Schultern zum Brustbein und dann senkrecht hinunter, und zwar so weit, bis Juliane durch Öffnen der Bauchdecke, die Innereien entnehmen konnte. Zum Öffnen der Rippen musste Juliane mit einer Art kleiner speziellen Kreissäge diese durchtrennen. Der Knochenstaub stank fürchterlich und hinterließ einen Geruch, mit dem Jens in der Disco bei den Mädels nicht punkten konnte. Er musste also vorher doch noch duschen und frische Sachen anziehen.

Danach drückte sie, mit knackenden Geräuschen, die Rippen auseinander, gelangte so leichter an die Lungen, die Leber und an das Herz.

Sorgfältig legte sie alles in extra dafür bereitgestellte Nierenschalen. Jens unterstützte Juliane, in dem er näher an den Tisch herantrat und die Schalen festhielt, damit Juliane die Körperteile und sonstigen Fundstücke hineinlegen konnte. Für den langen Dünndarm reichte die kleine Nierenschale nicht, und Jens nahm einen Metalleimer, der am Fußende unter dem Tisch stand, hervor.

Anschließend untersuchte sie das Gesicht oder was davon noch übrig war. Beim genaueren Betrachten des Halses jedoch stockte sie.

„He, was ist denn das?", nahm eine Pinzette und entnahm auf der linken Seite hinter der durchtrennten Halsschlagader, eine Glasscherbe, legte diese vorsichtig in eine Extraschale. Die Glasscherbe wurde zum Glück nicht von dem Wildschein entdeckt, naja, dafür fehlte jetzt der Unbekannten die Nase. Sie wusch die Stelle mit ein bisschen Wasser sauber. Anschließend musste Jens ihr kurz helfen, die Wunde leicht zu öffnen, um zu sehen, was von innen noch durch die Glasscherbe beschädigt worden war.

„Aha, das war also der Grund für den Blutverlust und ich wette auch, die Todesursache. Sauberer Schnitt durch die Halsschlagader, den danebenliegenden Muskel- und Nervenbahnen mit einer Glasscherbe. Also gewaltsam, es handelt sich um Mord oder Totschlag, Andrea. Und das Blut an ihrer rechten Hand stammt vermutlich davon, als sie versucht hat die Blutung selbst zu stoppen."

Die anschließende Untersuchung des Mageninhaltes war fast noch geruchsintensiver als die restlichen Innereien.

„Das ist Pizza Salami mit ein paar Peperoni durchtränkt mit Sekt und Bier. Das passt zum Blutalkoholspiegel der Leiche, 0,6 Promille."

„Im Schambereich und im Uterus sind keine Spermaspuren vorhanden und keine Risse in der Vagina oder am After zu sehen, also liegt in diesem Fall kein Sexualdelikt vor", diktierte sie weiter.

„Die Innereien Leber, Milz, Lunge sehen alle relativ normal aus, keine Fremd- oder Gewalteinwirkung zu sehen. Das Herz zeigt die typischen Symptome einer Verkrampfung, wenn es halt kein Blut mehr zu befördern hat. Bei dem Blutverlust durch die Halsschlagader müsste man schnell handeln, was bei dieser Frau wohl nicht gewünscht oder unterlassen wurde."

„Wann trat der Tod ein?", wollte Andrea wissen.

„Auf Grund der Leichenstarre und Bestimmung der Temperatur am Unfallort kann ich sagen, dass der Todeszeitpunkt am Donnerstag, in der Zeit zwischen 17:00 und 21:00 Uhr gelegen haben muss. Ende der Untersuchung: Zwei Minuten nach zwei Uhr", beendete sie mit dem letzten Satz die Aufnahme und schaltete das Gerät endgültig ab.

Jens war doch bis zum Schluss geblieben, da es für seinen Praktikumsbericht wichtig war. Aber er musste bei der Uhrzeit schummeln. Außerdem stand er fast die ganze Zeit dicht bei Andrea, von dort konnte er viel besser sehen, wie Juliane die Obduktion durchführte.

Andrea und Jens verließen nach einem kurzen dienstlichen Gespräch mit Juliane die Leichenhalle. Kurz vor der Tür, die Jens für sie aufhielt, drehte sie sich noch einmal zu Juliane um und verabschiedete sich mit den

Worten: „Bis morgen, ach nein heute Abend halb sieben bei Dir, wir haben doch heute unser Kochevent."

„Ja, stimmt. Ich habe alle Leckereien, die Du mir per Email gesendet hast, für unser *leichtes* Abendessen bereits gestern eingekauft. Na, dann beeile ich mich mal mit dem Rest hier."

Komisch, dachte Juliane bei sich, hier liegt eine Leiche mit geöffneter Brust und wir sprechen übers Essen.

Der Rest hieß, sie musste alle Innereien wieder in den leeren Rumpf hineinlegen. Anschließend den Brustkorb, sowie die Schnitte, wieder zusammennähen. Denn die Angehörigen hatten ein Recht darauf, eine vollständige Leiche beerdigen zu dürfen. Aber noch wusste sie nicht, wen sie dort auf dem Tisch liegen hatte, noch nicht.

Als Andrea und Jens nach draußen traten, mussten beide erst mal richtig tief die klare Luft einatmen. Sie gingen zu ihren Autos auf dem nahegelegenen Parkplatz.

„Das war jetzt doch ganz schön heftig, ich bin zwar einiges gewöhnt, aber es gibt Dinge, da wird einem doch anders", offenbarte er Andrea und fügte hinzu, „Noch Lust auf ein Bier? In die Disco brauche ich jetzt auch nicht mehr gehen, schon gar nicht mit dem ‚Parfüm aus der Leichenhalle' an meinen Klamotten."

„He, Du führst doch nichts im Schilde?"

Jens spürte seine roten Wangen und erwiderte: „Nein, noch nicht", grinste Andrea breit an, „aber nach so einer Obduktion kann man am besten abschalten, wenn man andere Dinge beim Bier oder Wein erzählt. Maximal eins, okay?"

Andrea schaute ihn an. Sie musste zugeben, dass er Recht hatte. Sie war zwar irgendwie müde, aber trotzdem innerlich aufgewühlt und antwortete schließlich: „Okay, aber nur ein alkoholfreies Getränk. Wir müssen schließlich beide noch nach Hause fahren."

Sie wusste, auch von anderen Kollegen, die solch ein Erlebnis nur mit Alkohol herunterspülen konnten, dass diese spätestens nach zwei Jahren eine Entziehungskur oder Reha machen mussten.

„An der nächsten Ecke gibt es eine Bar, die jetzt noch geöffnet ist, lass uns dorthin laufen."

Jens nickte und steckte, so wie es viele Jungen heute tun, beide Hände in die Taschen seiner Jeans. Er wollte nicht in Versuchung kommen, aus Versehen ihre Hand zu berühren oder anzufassen, obwohl er es sich so sehr wünschte.

Kap. 8: Sonntag, 26.10.1993, 13:30 Uhr

Der Wecker klingelte und Darius wurde gewaltsam geweckt. Augenblicke später durchzuckte ihn der Gedanke an Renni und sein Versagen beim Kuscheln. Irgendwie hatte er das Gefühl, sie war auch noch nicht bereit für weitere Dinge mit ihm. Er tröstete sich mit dem Gedanken, muss ja auch nicht gleich beim ersten Treffen zur Sache gehen.

„Aber ich gebe nicht so schnell auf", sagte er laut zu sich selbst. „Renni ist echt nett und bei der Musik haben wir beide denselben Geschmack."

Ermutig von diesen Gedanken, sprang er förmlich aus dem Bett, verschwand im Badezimmer, kam aber sofort wieder heraus, ging in die Wohnküche und stellte einen Teekessel mit Wasser auf die Herdplatte zum Kaffeekochen. Danach setzte er einen Filter und frischgemahlenen Kaffee in die Filtertüte. Einen weiteren Topf setzte er zum Eierkochen auf die zweite Herdplatte. Danach tänzelte er in Richtung Wohnzimmer, suchte sich eine neue Schallplatte heraus, legte sie auf den Plattenspieler und schaltete den Verstärker an. Sogleich ertönte der neue Disco-Sound aus den großen Boxen und jetzt widmete er sich der Morgentoilette in seinem Badezimmer. Es hatte zwar kein Fenster nach draußen und beim Einschalten des Lichtes sprang sofort der Lüfter an, aber für ihn reichte es.

Als er den Teekessel pfeifen hörte, unterbrach er die Nassrasur, eilte zur Küche, goss das kochende Wasser in den Filter und tauchte die zwei angepickten Eier ins kochende Wasser. Drei Minuten später stand er rasiert und pfeifend in der Küche und bereitete sein Frühstück weiter vor.

In seiner Wohnung standen an allen Ecken Schallplatten herum, die er teilweise auch mit zur Disco nahm, wenn er dort auflegen sollte. Heute nicht mehr, also räumte er die Schallplatten an ihren eigentlichen Platz zurück. Ein fast voller Wandschrank stand dort mit mindestens zweihundert Langspielplatten, sowie mehr als eintausend Singles, mit viel Tanzmusik, aber auch Musik zum Kuscheln.

Allerdings war die Beziehung zu seiner früheren Freundin Sylvia schon gut ein Jahr her. Sie hasste es, wenn laute Musik am Morgen an war. Am Mittag und Abend erst recht. Zum Glück hielt die Beziehung nicht lange, denn nur mit Sex konnte diese Beziehung nicht weitergeführt werden. Umso mehr freute er sich auf Renni, denn für ihn war sie etwas besonderes.

Der Gedanke an Renni beflügelte ihn. Er räumte seine gesamte Wohnung auf, saugte, machte das französische Doppelbett, öffnete das Fenster im Schlafzimmer zum Lüften.

Das Gästezimmer erreichte er durch den kleinen Flur vom Schlafzimmer geradeaus, am Bad vorbei. Dieses Wochenende kam niemand mehr zum Übernachten. Da seine Verwandtschaft und Freunde in Frankfurt wohnten, waren sie froh, bei ihm Schlafen zu können, wenn sie ihn hier in Arnum besuchten.

Im Wohnbereich war sogar ein Parkettfußboden verlegt. Ein weiterer Ausziehtisch aus Eiche stand dort sowie ein Wohnsofa. In der Ecke ein Fernseher von Telefunken mit einem Videorecorder neuster Art. Er verdiente gut als Bankkaufmann und hatte sich diesen Lebensstandard geleistet. Nachdem, für seine Verhältnisse, alles sauber war, schnappte er sich die Autoschlüssel und fuhr von Arnum in Richtung Pattensen, vielleicht traf er dort doch noch mal auf Renni.

Kap. 9: Donnerstag, 31.08.2017, 16:24 Uhr

Renate saß im Wohnzimmer ihrer Wohnung in Degersen, ein bisschen kleiner, aber bezahlbarer als in Pattensen. Die Mieten wurden immer höher, aber das Gehalt
einer Friseurin stieg leider nicht so stark an. Sie ist vor
zwei Jahren hierher umgezogen, weil sie einen neuen
Job im Frisörladen an der Hauptstraße in Wennigsen bekommen hatte. Der Umzug wurde kurz nach der Hochzeit von Mareike und Detlef, zu der Renate eingeladen
worden war, durchgeführt. Die Tatsache, dass Mareike
mit Renate zusammengewohnt hatte, verschwieg Detlef
jedoch lieber vor den anderen Gästen.

Jetzt hörte sie ihre Musik aus der früheren Zeit, da sie
heute wegen ihrer Migräne zum Arzt gegangen war und
dieser sie für den Rest der Woche krankgeschrieben
hatte. Die Musik wurde von ihrem Smartphone abge-
spielt. Sie hatte dort eine Wiedergabeliste erstellt, dachte
an die alten Zeiten, wo sie fast jedes Wochenende zur
Disco nach Laatzen fuhr.

Sie musste unweigerlich an Darius denken. Sie trafen
sich beide nach dem ersten Abend noch ein paar Mal,
aber als sie mit Mareike zusammenzog, wurde der Kon-
takt weniger, brach jedoch nie ganz ab und sie schreiben
sich heute noch Nachrichten. Damit verpasste sie quasi
keinen Abend mehr, an dem Darius Musik machte und
folgte ihm gelegentlich zu der dortigen Location, um
einfach wieder zu tanzen. Ab und zu tanzten sie ein bis
zwei Musikstücke zusammen.

Plötzlich bekam sie wieder dieses stechende Gefühl in ihrem Kopf, ging in die Küche und nahm eine weitere Schmerztablette. In letzter Zeit ist es mehr geworden, dachte sie bei sich. Das erste Mal war es in der Disco mit Darius. Seitdem kam dieser stechende Schmerz zwar unregelmäßig vielleicht einmal pro Jahr, aber das letzte halbe Jahr war sie schon häufiger deswegen beim Arzt gewesen.

Sie wurde aus ihren Gedanken gerissen, denn nun klingelte es an der Tür. „Wer ist denn das?" und stellte schnell die Packung Schmerztabletten wieder in den Schrank. Sie ging durch den kleinen Flur und öffnete die Tür. Erstaunt blickte sie in die bekannten grünen Augen. „Du? Was willst Du denn hier?"

„Darf ich reinkommen, Renate? Ich habe auch was Leckeres mitgebracht", erklärte sie fast schüchtern, hielt eine Flasche Sekt hoch, denn sie wusste nicht, ob Renate noch sauer auf sie war.

Renate hatte ihr nie verheimlicht, dass Mareike sie mehr glücklich gemacht hatte, mehr als ein anderer Mann es jemals geschafft hätte. Deshalb hatte Renate auch als einzige bei Mareikes Trauung mit Detlef Tränen vergossen. Tränen der Trauer, nicht Freudentränen.

Verwirrt äußerte sich Renate: „Eh, ja klar, komm rein. Bist Du allein?"

Ohne zu antworten zog Mareike ihre durchgelaufenen Turnschuhe aus und hing ihre Jacke, die farblich zu den

Schuhen passten, an die Garderobe. Renate ging voran ins Wohnzimmer und stellte die Musik am Handy aus.

„Wie bist Du denn hierhergekommen?", erkundigte Renate sich und gleich darauf, „mit dem Zug?"

„Ja, bin ich", rief Mareike aus dem Flur in Richtung Wohnzimmer.

Mareike folgte ihr langsam und betrachtete dabei ihre Wohnung und erinnerte sich wieder. Im Flur hingen Bilder von ihr und Renate, als sie noch ein Paar waren. Ja, sie waren ein Paar. Fünf Jahre und vier Monate hatte die Beziehung gehalten, aber dann musste ich aus beruflichen Gründen für zehn Jahre nach Göttingen. Es war eine harmonische Beziehung zu Renate und ich glaube, sie hat mich wirklich richtig geliebt. Schon damals in der Schule fing es ja an, aber lang ist es her, dachte Mareike weiter.

In den ersten zwei Monaten besuchten Mareike und Renate sich abwechselnd. Aber danach machte Mareike plötzlich Schluss, da sie in Göttingen Fredericke Fröhlich kennen lernte. Zwischen den beiden funkte es sofort, aber auch die Beziehung hielt nur drei Jahre. Renate war damals richtig sauer und enttäuscht, deshalb wusste Mareike nicht, ob sie hier heute willkommen war.

Weitere Bekanntschaften von Mareike waren nur von kurzer Dauer. Später zog sie nach Sarstedt. Dort lernte sie Detlef Mende als Arbeitskollegen kennen und zog mit ihm zusammen. Es war etwas total Anderes für sie, aber trotzdem verspürte sie so etwas wie Liebe zu Detlef.

Er war in sie vernarrt und mochte ihre lockere, freundliche, witzige und flippige Art. Und für Mareike war der Sex mit einem Mann noch intensiver als zu einer Frau, auch intensiver als zu Renate. Nach drei Jahren heiratete sie deshalb ihren Detlef, es war zwar keine Liebe auf den ersten Blick, aber es entwickelte sich. Nach zwei gescheiterten Beziehungen zu Frauen, wurde sie anscheinend bodenständiger, kam es ihr in den Sinn. Aber nun ist Schluss, denn sie hatte von Detlefs Verhältnis zu Karolin erfahren. Detlef hatte ihr gestanden, sie schon seit einem Jahr betrogen zu haben und wollte nun endlich mit Karolin zusammen sein.

Auf dem Weg zum Wohnzimmer kam sie am Schlafzimmer vorbei. Die Tür stand einen Spalt offen und sie konnte das gemalte Bild von früher erkennen.

Ein pastellgrünes Bild, im Vordergrund eine nackte Frau, die selbstbewusst ihren, wie Mareike es empfand, zu kleinen Busen nach oben drückte, um diese größer aussehen zu lassen. Der Mund ein bisschen spitzer zusammen, neudeutsch ein ‚Duck Face‘. Ihre Schamhaare wurden leicht angedeutet und sahen sehr nach einem Pfeil nach unten aus. Sehr erotisch, wenn diese Frau auf dem Bild als reale Frau vor ihr stehen würde, würde sie schwach werden, dachte Mareike. Von Männern hatte sie erst einmal genug, sprich die Schnauze voll. Kurze schwarze Haare, genau wie ich, ob es da eine Verbindung gab. War das der Grund, weshalb das Bild in Renates Schlafzimmer hing, die Erinnerung an MICH?

Sie wurde aus den Gedanken gerissen, denn Renate rief ihr zu: „Na, wo bleibst Du denn?"

„Ich bin auf dem Weg." Sie schritt den Flur weiter entlang ins Wohnzimmer. Klein und niedlich, hatte einen kleinen Schrank, ein Dreiersofa mit kleinem Tisch auf Rollen, noch ein Sessel in der linken Ecke, in der rechten Ecke stand der Fernseher auf einer Art flachem Sideboard, für mehr war kein Platz. Im Sideboard selbst war ein offenes Fach, in dem ihr Laptop und die WLAN-Box verstaut waren. Damit alle elektrischen Geräte funktionierten, waren alle Stromfresser über eine schaltbare Steckdose angeschlossen. In einem Steckdosenfach steckte das Ladekabel für Renates Samsung Handy. Das Festnetztelefon stand neben dem Fernseher zum Aufladen, es war auch transportabel. Die Fenster waren mit einfachen weißen Gardinen verziert. Links und rechts eine Übergardine in hellem grün, grün wie ihre Augenfarbe. Außenjalousien konnten auch noch geschlossen werden und gaben im Winter die Heizungswärme nicht so schnell über die Scheiben ab.

Renate hatte inzwischen zwei langstielige Sektgläser aus dem Schrank geholt, machte die Sektflasche auf und goss beiden ein. Die Gläser hatte sie vor zwei Jahren zum vierzigsten Geburtstag von Darius erhalten, sowie einen Terminkalender mit den neusten Terminen und Orten, an denen er Musik machen sollte.

Sie reichte Mareike ihr Glas und beide tranken einen Schluck. Renate nahm einen großen Schluck, so sehr freute sie sich insgeheim, dass Mareike endlich wieder hier, wieder in ihrer Nähe war. Sie zeigte es aber Mareike gegenüber nicht, noch nicht.

„Das ist ja wirklich eine Überraschung, aber irgendwie siehst Du bedrückt aus", stellte Renate fest.

Da kullerten bei Mareike schon die Tränen und sie erzählte ihr die Story von Detlef und Karolin.

Sie habe ihn zur Rede gestellt, da er immer häufiger abends nicht zu Hause war. Dabei schrie er sie an, beide wurden sehr laut. Detlef machte sogar die Fenster zu, damit die Nachbarn nichts mitbekamen. Nach einer Stunde, mal hitzig und mal wieder ruhiger Diskussionen mit Mareike, verließ Detlef wütend die gemeinsame Mietwohnung. Und er setzte noch einen oben auf, als er halb in der Tür stand, sich umdrehte und ihr zuschrie: „Dann fahr doch zu Renate! War wahrscheinlich doch ein Fehler mit uns." Anschließend fuhr er in seinem Firmenwagen mit rasantem Tempo davon.

Renate fand kaum Worte außer: „Oh je oder oh Gott" und schüttelte immer nur den Kopf. Sie bemerkte wieder einen leichten Schwindel, drückte kurz an die Schläfen und es war wieder vorbei.

Da sie beide nach einer weiteren halben Stunde das zweite Glas geleert hatten, schaute Renate auf die Uhr, denn sie bekam Hunger und fragte Mareike, ob sie sich was kochen wollten.

„Oh ja, das wäre schön", lallte Mareike, „denn ich habe seit heute Morgen, als Detlef mir die Wahrheit über ihn und Karolin erzählte, nichts mehr essen können."

„Na prima, ich habe noch zwei italienische Spezialitäten im Tiefkühlfach."

„Was denn?"

„Na Pizza. Nimm Dein Glas mit, ich nehme die Flasche, wir gehen in die Küche. Du bist doch mit dem Zug hierhergefahren, wenn Du willst kannst Du heute bei mir schlafen, dann mache ich noch eine weitere Flasche auf."

Ohne eine Antwort abzuwarten, ging Renate vorweg in die Küche und Mareike folgte ihr lächelnd. Es war für beide wie in alten Zeiten.

Kap. 10: Samstag, 02.09.2017, 13:14 Uhr

Mit zitternden Händen am Lenker seines Fahrrades fuhr Detlef diesen Mittag nun zur Polizeistation in Sarstedt. Die knapp zwei Kilometer waren mit dem Fahrrad schneller zu erreichen als mit seinem Wagen. Außerdem konnte er ein bisschen Sauerstoff gebrauchen. Seit er heute Mittag nach Hause kam, um sich mit Mareike aus-zusprechen, rauchte er eine Zigarette nach der anderen.

So konnte es ja nicht weitergehen. Er wollte die Eskala-tion von Donnerstag nicht so im Raum stehen lassen. Aber Mareike war nicht da und die Wohnung war nicht weiter aufgeräumt, das Geschirr stand noch genauso auf dem Tisch, als er Mareike wutentbrannt verlassen hatte. Auf ihrem Handy meldete sich nur die Mailbox. Nun machte er sich Sorgen, dass es ihr nicht gut geht, denn er kannte ihre Vergangenheit mit den Drogenexzessen.

Nachdem er die Polizeistation nach gut zehn Minuten er-reicht hatte, stieg er vom Fahrrad und musste erstmal husten.

„Du rauchst zu viel!", maßregelte er sich selbst. Seitdem Mareike weg war, redete er mehr mit sich selbst. Die letzte Stunde, wo er allein zuhause war, redete er wie ein Buch, wohl auch zu seiner Beruhigung. Nach einer Mi-nute hatte sich sein Puls beruhigt, also schloss er sein Rad ab und ging in die Polizeistation.

An der Anmeldung wurde ihm eine Zimmernummer so-wie eine kleine Wegbeschreibung genannt. Er befolgte die Anweisung des Pförtners und trat dann in den ziem-lich großen Raum hinein. Dort standen mehrere Tische mit je einem Personal Computer, bei allen war der Bildschirmschoner aktiv, nur ein Beamter saß vor seinem PC und tippte langsam darauf herum. Detlef blickte auf seine Armbanduhr und dachte, dass ja eigentlich die Mittagszeit vorbei sei. Doch dann fiel ihm ein, dass er Polizeisirenen gehörte hatte, als er auf dem Weg hierher gewesen ist. Dann ist wohl der Rest gerade im Einsatz, kam es ihm in den Sinn.

„Guten Tag, mein Name ist Detlef Mende und ich möchte meine Frau als vermisst melden."

Der Beamte wendete seinen Blick in Richtung Tresen und antwortete: „Guten Tag, Herr Mende, einen Moment bitte, ich bin gleich bei Ihnen." Kurz danach stand er von seinem Arbeitsplatz auf und kam langsam zum Tresen.

„Woher wissen Sie denn, dass Ihre Frau vermisst ist?" interviewte Oberkommissar Friedrich Kaiser.

„Ich habe sie seit Donnerstag, etwa kurz vor halb elf Uhr nicht mehr gesehen", erklärte Detlef.

„Hat sie keine Nachricht per Papier, Email oder so für Sie hinterlassen?"

„Eh nein", druckste Detlef herum, „wir haben uns leider vorher gestritten."

„Warum?"

Detlef wurde rot im Gesicht und erzählte mit kleinlauter Stimme: „Ich habe meiner Frau gestanden, dass ich eine neue Beziehung habe. Daraufhin gab ein Wort das andere, es wurde auch lauter, schließlich bin ich dann gefahren."

„Okay, Herr Mende, ich nehme es per Computer als Vermisstenanzeige auf. Bitte setzen sie sich auf diesen Stuhl." Er deutete mit dem Zeigefinger auf den Stuhl neben seinem Schreibtisch und setzte sich anschließend wieder vor seinen PC. Er bewegte die Maus, der Bildschirm wurde hell und verlangte sein Passwort. Kurz darauf klickte er das Programm für die Vermisstenanzeigen an. Nachdem er die Uhrzeit, seinen Namen als Anfangsdaten eingegeben hatte, wendete er sich Detlef zu.

„So, nun kann es losgehen, aber schön langsam, ich bin nicht so schnell!"

„Name?"

„Mende"

„Vorname, bitte"

„Detlef"

„Geboren am?" befragte er ihn in ruhigem Ton weiter.

Detlef antwortete ebenfalls langsam, „23.12.1977."

„Adresse, bitte?"

„Auf der Bleiche 7, hier in Sarstedt."

„Nicht so schnell, bitte. Ach ja, kann ich bitte Ihren Personalausweis sehen?"

Detlef zog sein Portemonnaie aus der Gesäßtasche, entnahm den Personalausweis und gab ihn an den Polizisten weiter.

„Danke. Nun brauche ich noch Ihre Telefonnummer, wo wir Sie erreichen können, gern auch Ihre Mobiltelefonnummer, wenn Sie eins haben."

„Wenn sie eins haben", wiederholte er in Gedanken. „Wer hat denn heutzutage kein Handy?", murmelte Detlef und schüttelte ganz leicht den Kopf, ohne dass es sein Gegenüber wahrnahm.

Nachdem er die Telefonnummern angesagt und Oberkommissar Kaiser diese in die Eingabemaske der Vermisstenanzeige langsam eingetippt hatte, schaute der Beamte kurz zum Bildschirm, drückte die Entertaste und gelangte auf die nächste Seite. „Nun brauche ich die Daten Ihrer Frau, Name?"

„Mende, geb. Nospe, geboren am 15.04.1975."

„Halt, halt, bitte erst den Vornamen ihrer Frau!" befahl der Oberkommissar.

Detlef holte genervt tief Luft und sagte schließlich: „Mareike."

„Geburtsdatum bitte noch mal.

„15. April 1975", wiederholte Detlef so langsam, dass er das Gefühl hatte, er würde stottern.

„Und nun zum Aussehen. Haben Sie vielleicht ein Bild von Ihrer Frau, oder wissen Sie, welche Kleidung sie tragen könnte?"

„Ich vermute", erklärte Detlef, „sie trägt ihre lila Jacke und lila Turnschuhe. Eine verwaschene Jeans und ein weißes T-Shirt ohne Bilder oder Beschriftungen. In dieser Aufmachung habe ich sie zum letzten Mal gesehen. Moment, ich habe ein Bild auf dem Handy."

„Können Sie mir das Bild bitte an diese Adresse senden?" Er zog eine kleine Karte aus der Schublade und legte diese vor Detlef auf den Tisch. Keine Minute später klingelte es am PC von Oberkommissar und auf dem Bildschirm erschien eine Nachricht, dass ein Bild angekommen sei. Nachdem er das Bild als Anhang zur Vermisstenanzeige angefügt hatte, setzte er die Befragung an Detlef fort.

„Sie deuteten vorhin an, dass sie sich gestritten haben, warum?"

„Habe ich doch schon geklärt", raunte Detlef.

Oberkommissar Kaiser schaute Detlef erst verwundert, dann kritisch an.

„Wiederholen Sie es noch mal. Dann kann ich es gleich in die Eingabemaske eingeben, und jetzt bitte detaillierter und ausführlicher! Danke."

Wobei das „Danke" jetzt eher genervt klang. Also erzählte Detlef alles so, wie es sich zugetragen hatte. Aber schön langsam, damit der Beamte gleich alles ordentlich eintippen konnte.

Als letztes erfragte der Polizist von Detlef: „Wieso kommen Sie denn erst jetzt, um die Vermisstenanzeige aufzugeben? Wo waren Sie die letzten 3 Tage?"

Detlef rutschte nun unruhig auf seinem Stuhl hin und her und der Polizist schaute ihn schon wieder genervt an. „Bei meiner Freundin, Karolin Reiser, wir sind anschließend nach Hamburg gefahren."

„Moment, ich muss eine neue Seite laden. So, nun können wir weitermachen, Name…?"

Detlef gab dem Oberkommissar alle notwendigen Daten und nach weiterer dreißig Minuten, der Polizist war nicht der Schnellste auf der Tastatur, durfte Detlef die Station der Polizeiwache wieder verlassen. Aber erst verlas der Beamte noch einmal alle Eingaben und druckte ein Exemplar für Detlef aus. Nachdem er ihm noch die Karte mit den Telefonnummern und der Emailadresse mitgegeben hatte, verabschiedete er Detlef mit den Worten: „Auf Wiedersehen Herr Mende, bitte informieren Sie uns, falls Ihre Frau in der Zwischenzeit wieder bei Ihnen auftaucht."

„Na klar, vielen Dank und schönes Wochenende, wenn es soweit ist." Detlef verlies genervt die Polizeistation. Als er ins Freie trat, spürte er sofort den kalten Wind und schaute in den Himmel, die Wolken flogen sehr schnell vorbei.

„Wird nun aber Zeit, dass ich nach Hause komme, aber erstmal eine Beruhigungszigarette!", sprach er laut und ging zum Fahrradständer. Dort rauchte er erstmal genüsslich eine Zigarette. Der Beamte mit seiner langsamen Art hatte ihn fast zur Weißglut gebracht.

Im nahegelegenen Markt kaufte er noch rasch ein paar Dinge fürs Wochenende ein. Wurst, Käse, Pizza und ein halbes Körnerbrot fanden geradeso Platz auf seinem Gepäckträger. Er hoffte, Mareike würde vielleicht morgen wieder in der Tür stehen und er gestand sich ein, dass er sie vermisste.

Auf dem Rückweg zu seiner Wohnung, erinnerte er sich an die zwei Tage Hamburg. Als er für sich und Karolin einen Platz in der Hotelbar suchte, entdeckte er eine rauchende Männertruppe mit vier Personen im Außenbereich des Hotels, die wohl von einer siebziger Jahre Party zurückgekommen waren und hier ihren „Absacker" einnehmen wollten. Ein Mitglied der Truppe hatte einen orangenen Einteiler an, auf dem etliche Frühlingsblumen aufgenäht waren. Auf dem Kopf trug er eine Perücke im Afrolook, urkomisch sah das aus. Unweigerlich musste Detlef schmunzeln. Er erinnerte sich jedoch auch an die schönen Augenblicke mit Karolin. Aber dann fiel ihm wieder der Streit mit Mareike ein. Automatisch trat er schneller in die Pedale, denn er wollte vor ihr zu Hause sein.

Kap. 11: Donnerstag, 31.08.2017, 17:48 Uhr

Renate war als erstes in der Küche und wusch sich schnell die Hände an der Spüle ab.

„Du auch!", verlangte Renate. Doch Mareike entgegnete ganz entschlossen: „Nein!"

Renate schaute sie ungläubig an. Jetzt musste Mareike ein wenig grinsen und verdeutlichte es ihr: „Ich erledige gleich mal Deinen Abwasch und Du darfst das italienische Essen für zwei Personen vorbereiten."

Nun mussten beide lachen, denn in der Tat war es so, dass Renate lieber das Essen vorbereitete, während Mareike sich für den Abwasch zuständig fühlte. Außerdem war Mareike immer mehr mit Leidenschaft dabei, den Tisch hübsch zu decken.

Mareike spülte einen mittleren Topf mit Tomatensoße ab. Die Teller und Tassen, die schon seit mindestens zwei Tagen auf der Spüle standen, räumte sie in den Geschirrspüler. Anschließend deckte sie den Tisch. Es war ein massiver Holztisch, an jeder Seite stand ein Stuhl. Es war also genug Platz und so räumte sie zwei runde Holzbretter für die Pizzen auf den Tisch.

Die Sektgläser platzierte sie so auf dem Tisch, dass sie sich gegenübersitzend ansehen konnten.

„Hast Du noch mehr Sekt, oder möchtest Du etwas Anderes trinken? Früher…", sie stockte eine Sekunde, „… hast Du immer ein Bier zur Pizza getrunken."

Renate drehte sich um, da sie an der Arbeitsplatte die Tiefkühlpizza mit einer Extraportion Salami, Käse und für Mareike mit Peperoni aus dem Kühlschrank, veredelte.

„Zur Feier des Tages", sagte sie leicht beschwipst vom Sekt, „sollten wir uns noch einen Sekt gönnen." Sie zwinkerte ihr zu. „Eine Flasche steht rechts in der Ecke neben dem Kühlschrank, lege ihn bitte für fünfzehn Minuten in den Gefrierschrank, dann ist er ein bisschen kühler. Und in der Zeit, wo die Pizza im Ofen backt, können wir ja ein kaltes Bier aus dem Kühlschrank trinken. Die Eieruhr steht hier!", und sie wies mit dem Kopf in die linke Ecke. Neben der Küchentür war noch Platz für ein kleines Regal für Kleinigkeiten, die in der Küche nur ab und zu benötigt wurden. Ein Kochbuch, eine Orangenpresse, eine Küchenmaschine mit Rührschüssel und eben auch die Eieruhr.

Nachdem die Eieruhr eingestellt war, öffnete Mareike die beiden Biere, stellte sich neben Renate und schaute ihr beim Veredeln der Pizzen zu. Renate legte noch weiteren Käse darauf, denn beide mochten gern viel Käse.

Als Renate mit Dekorieren der Pizzen fertig war und sich die Hände abgewaschen hatte, prostete Mareike ihr zu.

„Prost Renate!", erhob die Bierflasche und prostete ihr zu. „Prost Mareike. Schön, dass Du da bist. Endlich mal Leben in der Bude."

Kurze Zeit später war der Backofen aufgeheizt. Renate schob die beiden Pizzen übereinander hinein, stellte den

Backofen auf Umluft und schaute auf ihre Küchenuhr, da die Eieruhr ja für den Sekt immer noch heruntertickte. Laut Beschreibung brauchte die Pizza ca. zehn Minuten, nun hatte sie ja zwei Stück im Backofen und noch Extras oben drauf. Also ca. zwölf Min schätzte sie, wand sich wieder lächelnd Mareike zu, während sie im Stehen das Bier leerten.

Ermutigt vom Alkohol forderte Renate sie auf, zu erzählen, warum Mareike sie damals verlassen hatte.

„Ich musste doch damals nach Göttingen. Knapp zwei Monate später lernte ich dort Fredericke kennen und es hat uns voll erwischt."

Bei den Worten zog sich Renates Magen zusammen und sie spürte wieder diesen stechenden Schmerz in ihrem Kopf. Sie wollte aber jetzt keine Tablette mehr nehmen. Mareike erzählte unbeirrt weiter, jedoch bekam sie gar nicht mit, dass sich Renates Zustand deutlich verschlechterte.

„Aber nach drei Jahren war Schluss. Ich zog später dann nach Sarstedt und heiratete Detlef. Hätte ich nie gedacht, dass es mit ihm so gut im Bett funktioniert." Sie schaute Renate verlegen an, aber Renate kochte vor Wut. Mareike hatte sie verlassen wegen einer anderen Frau und letztendlich wegen eines anderen Mannes. Bei diesen Gedanken stieg ihr Blutdruck bedrohlich auf Höchstwerte an.

Da klingelte plötzlich die Eieruhr. Mareike ging zum Gefrierschrank, nahm den Sekt heraus und öffnete ihn.

Der Korken entwich so schnell, dass Mareike ihn nicht festhalten konnte. Mit einem lauten Knall flog der Korken bis an die Decke und hinterließ eine kleine Abdruckstelle.

Renates Magen beruhigte sich wieder. Die Schmerzen in ihrem Kopf gingen leicht zurück, aber nicht ganz weg. Der laute Knall hallte noch in ihren Ohren und letztendlich auch in ihrem Kopf nach. Sie drehte sich um, schaltete den Backofen aus, öffnete ihn vorsichtig mit einem Topflappen, nahm die Pizzen nacheinander heraus und legte sie auf die bereitgestellten Holzbretter. Dazu musste sie sich nach vorn bücken und als sie wieder vor dem Backofen aufrecht stand, war ihr ein wenig schwindelig. Sie sagte aber nichts und setzte sich zu Mareike an den Tisch.

Mareike füllte jedes Sektglas voll und sie prosteten sich erneut zu. Es war alles wie früher, dachte Mareike, nur Renate konnte beim Zuprosten nicht richtig lächeln. Sie aßen beide ihre Pizzen und unterhielten sich nur über belanglose Dinge. Unter anderem von einem Konzert der Gruppe Eurythmics in Hannover, Mitte der achtziger Jahre, bei dem sie beide in der ersten Reihe standen und lautstark die Lieder mitsingen konnten.

Renate war damals so in Mareike verliebt, dass sie sie während des Konzertes mehrere Male liebevoll umarmte. Bei diesen Gedanken wurde Renate total warm und sie trank hastig ihren kalten Sekt aus. Sie dachte, sie würde dadurch ruhiger, aber der Schmerz in ihrem Kopf wurde wieder mehr. Und dann kamen die Gedanken an

Mareike mit ihrem Mann Detlef in den Sinn und der Gedanke daran ließ sie wütend werden. Sie stöhnte einmal kurz auf, dann blickte sie nur stur geradeaus. Mareike wunderte sich, da Renate total weit weg schien, sie reagierte nicht auf ihre Worte.

„He, Renate, was ist los?"

Keine Antwort, Renates Augen blickten ins Leere.

Nun bekam es Mareike aber doch mit der Angst zu tun, stand auf, ging auf Renate zu und bückte sich zu ihr hinunter.

„He, was hast Du?", wollte sie wissen und stupste Renate leicht an ihre Schulter. Renate blickte sie plötzlich mit Hass erfüllten, blutunterlaufenen Augen an. Mareike wollte zurückweichen, aber blitzschnell nahm Renate ihr Sektglas in die Hand, zerschlug es am Tisch und rief ihr laut entgegen: „Ich habe **Dich** geliebt, Mareike!"

Mareike war sprachlos, konnte aber nicht mehr darauf antworten, schon gar nicht reagieren. Das angebrochene Sektglas wurde von Renate so schnell zugestoßen, dass es in ihren Hals an der linken Seite eintrat. Mareike taumelte rückwärts, prallte gegen den Gefrierschrank, drehte sich, ihre Beine sackten zusammen und sie stieß mit dem Hinterkopf hart auf dem Tisch auf. Während dieser Zeit spritzte ihr Blut aus der Halsschlagader in Schüben durch die ganze Küche. Erst quer über den Tisch, in die bereitgestellten Gläser, über die Pizzen, beim Wegdrehen von Renate auf die Spüle und den Elektroherd. An dem weißen Gefrierschrank liefen die dicken Bluttropfen langsam hinunter und hinterließen ein groteskes und abstraktes Muster aus roten und weißen Streifen.

Zuckend blieb sie am Boden liegen, konnte nicht mehr schreien und sie hielt sich mit der rechten Hand ihre Wunde zu. Aber nach wenigen Sekunden wurde bei Mareike alles schwarz, der harte Schlag mit dem Hinterkopf an den Tisch beförderte sie in die Dunkelheit der Ohnmacht. Durch die Wucht des Aufpralles wackelte alles auf dem Tisch. Die fast volle Sektflasche fiel um und rollte ein Stück über den Tisch. Der Sekt sprudelte durch die Erschütterung in Strömen heraus, über die Kante des Tisches auf Mareike nieder und durchtränkte ihre Jeans und ihr weißes T-Shirt, dass jedoch jetzt schon bis zu ihrer linken Brust mit Blut durchtränkt war. Doch Mareike merkte den kalten Sekt nicht mehr auf ihrer Haut. Durch das immer noch herausspritzende Blut, dem prickelnden kalten Sekt verfärbte sich der Fußboden und es sah aus wie ein See aus rotem Sekt. Nachdem Mareikes Herz nicht mehr schlug und sie den letzten Atemzug ausstieß, entleerte sich auch noch ihre Blase in diesem stillen See.

Von all dem bekam Renate nichts mit. Sie wusste nur noch, dass sie gerade ihren Sekt ausgetrunken hatte und die Schmerzen in ihrem Kopf stärker wurden. Drei Minuten später saß sie immer noch auf ihrem Stuhl und endlich konnte sie wieder alles erkennen. Erst schemenhaft, aber mit jedem Pulsschlag wurde das Bild klarer. Wie gebannt schaute sie auf den *roten Sekt* am Fußboden. Selbst der Schaum war nicht mehr weiß, sondern schimmerte rosa mit weißen und roten Bläschen als Umrandung. Inmitten des Sees aus rotem Sekt lag Mareike mit starrem Blick. Ihre Augen schauten an die weiße Decke.

„Oh mein Gott", sagte Renate, „was ist hier passiert?"

Erst da nahm sie wahr, dass Mareike halb unter dem Tisch lag und sich nicht mehr bewegte. „Mareike", murmelte sie erst leise, dann aber schrie sie: „MAREIKE", laut heraus. Sie sprang von ihrem Stuhl auf, fing an zu weinen und kniete sich neben sie.

„Was habe ich Dir bloß angetan?"

Renate verspürte wieder ein Ziehen in ihrem Kopf, aber diesmal nur leicht. Sie legte ihre rechte Hand in Mareikes blutverschmierte warme rechte Hand, streichelte sie mit der Linken und wiederholte immer wieder unter Tränen zu Mareike: „Ich habe Dich geliebt, Mareike. Ich habe Dich doch so sehr geliebt."

Tränen rannen über Renates Wangen hinunter und tropften ebenfalls in den blutroten See in ihrer Küche.

Kap. 12: Montag, 04.09.2017, 08:28 Uhr

Edmund Schaft stand als Einziger an der Magnetwand und schaute in die Runde der Kollegen, um zu prüfen, ob alle, die etwas mit diesem Fall zu tun hatten, anwesend waren. Auch Kollegen von der Dienststelle aus Wennigsen waren da. Im Raum duftete es herrlich nach frischem Kaffee und jeder der Anwesenden hatte eine Tasse vor sich stehen, außer Edmund. Er war heute früher als sonst im Büro erschienen und hatte bereits zwei Tassen von Hennis herrlichem Montagmorgen Muntermacher getrunken, während er die Besprechung vorbereitete.

Im Raum waren noch die üblichen Wochenendgespräche zwischen den einzelnen Kollegen zu vernehmen, aber nun startete Edmund als Hauptkommissar die Besprechung mit den Worten: „Guten Morgen zusammen, darf ich um Ruhe bitten!" wartete kurz und begann.

„Für alle, die die beiden Kollegen hier vorn noch nicht kennen, das sind Kommissar Michael Reiking mit seinem Kollegen Kommissar Andre Nörthen aus Wennigsen, die uns bei diesem Fall unterstützen werden." Beide Kommissare nickten in die Runde und sagten fast synchron: „Moin."

„Die Tote, wir wissen leider ihren Namen noch nicht, ist nach ihrem Tod in den Wennigser Wald transportiert worden, soviel wissen wir von der „Spusi". Es wurden Blutspuren und laut Obduktion ein Hämatom am Kopf gefunden, was darauf schließen lässt, dass der Kopf, lange nach Eintritt des Todes, gegen einen harten Gegenstand gestoßen worden ist. Am Hinterkopf ist ein zweites Hämatom, bei dem auch Haarbüschel herausgerissen wurden. Auch konnten kleine Holzstückchen sichergestellt werden."

Erst jetzt fiel ihm auf, dass Achim Bär, der Leiter der „Spusi", nicht anwesend war.

„Des Weiteren sind Blutstropfen und Reifenspuren am Fundort, der nicht der Tatort, ich wiederhole, nicht der Tatort ist, gefunden." Edmund schaute noch einmal kurz auf die Magnettafel, um nichts zu vergessen und fuhr mit seinen Erläuterungen fort.

„Die Kleidung war mit dem Inhalt einer Sektflasche getränkt. Allerdings nicht die lila Jacke und die lila Turnschuhe", eröffnete Edmund und gab Heinrich einen Wink, er möge weitermachen.

Heinrich erhob sich, stellte sich neben die Magnetwand und führte weiter durch die Besprechung.

„Nach dem Blutverlust aus der Halsschlagader hätten die Jacke und die Turnschuhe auch Blutspritzer haben müssen. Dafür waren die Socken und die Turnschuhe von innen mit Blut verschmiert. Wir nehmen deshalb an, dass die Jacke und die Turnschuhe nach der Tat wieder angezogen wurden."

„Also hatte die Tote beide Sachen während des Mordes oder Totschlages nicht am Körper", folgerte Andre Nörthen.

Andrea deutete dazu an: „Somit könnte es möglich sein, dass sich das Opfer und der Täter sogar kannten. Der Mord könnte auch innerhalb einer Wohnung stattgefunden haben, warum sollte sich sonst jemand die Schuhe und Jacke ausziehen?"

Edmund blickte Andrea an und sagte zustimmend: „Das sehe ich auch so."

Heinrich fuhr nun mit seiner Aufzählung fort: „Ein weiteres Detail ist die Glasscherbe. Sie führte zum Tod, nicht die Verletzungen durch das oder die Wildschweine. Eigentlich gehen die Wildschweine erst nach mehreren Tagen an so eine Leiche. Sie fangen erst mit den Weichteilen wie Bauch oder Po an und vertilgen anschließend den Rest. Insofern auch ein Indiz dafür, dass die Leiche erst kürzlich dort abgelegt worden ist. So wie es aussieht, haben die Frischlinge wohl mehr davon probiert."

Er schaute in die Runde und sah wie einige Kollegen angewidert die Nase rümpften oder den Kopf schüttelten.

„Es wurden am Fundort sowie auch an der Kleidung vom Opfer fremde Haare gefunden. Ein Test hat es bewiesen. Wir haben es durch die Datenbank laufen lassen, aber nichts gefunden", führte Heinrich weiter aus, als plötzlich die Tür geöffnet wurde und Achim Bär in den Raum eintrat. Heinrich stoppte seine Ausführungen. Nach dem die Tür geschlossen war, verkündete der Leiter der Spurensicherung mit ruhiger Stimme: „Das unbekannte Opfer heißt Mareike Mende".

Edmund blickte Achim erstaunt an und Achim erkundigte sich bei ihm, ob er weitermachen dürfe. „Selbstverständlich. Bitte, was hat Eure Abteilung herausgefunden?"

„Sie wurde am Samstag kurz nach halb zwei Uhr bei den Kollegen in Sarstedt als vermisst gemeldet. Somit habe ich im Computer nachgeschaut und weitere Untersuchungen durchgeführt." Er machte eine kleine Pause, denn es kam sofort Getuschel im Raum auf.

Achim zählte die Ergebnisse seiner Abteilung auf:

„1. Die Beschreibung des Ehemannes passen zu den Anziehsachen, die das Opfer Mareike zur Tatzeit an sich trug.

2. Die Blutgruppe stimmt exakt, da sie schon mal in den Polizeiakten auftaucht. Sie wurde 1992 in Hannover mit einer großen Menge harter Drogen festgenommen. Es wurden Fingerabdrücke und Blut abgenommen. Ihre DNA wurde damals auch gleich ermittelt und gespeichert und diese stimmen genau übereinander mit dem jetzigen Opfer. Auch der Fingerabdruck vom Ringfinger stimmt zu einhundert Prozent mit unserer Datenbank übereinander, denn der Daumen, Zeigefinger und Mittelfinger sind ja nicht mehr da.

3. Die Reifen sind eine Sonderedition, die nur für einen Ford Mustang passen, beziehungsweise nur dafür angeboten wurden. Auf Grund dieser Untersuchungen konnte ich auch leider nicht rechtzeitig hier sein."

Edmund antwortete: „Danke Achim, das sind ja gute Neuigkeiten!"

„Weißt Du, warum die Vermisstenanzeige erst am Samstag aufgegeben wurde?"

„Ja, steht im Protokoll aus Sarstedt, habe ich gleich per Email angefordert und ist seit fünf Minuten in Deiner Mailbox, Edmund. Der Ehemann hatte sich mit ihr zerstritten und ist anschließend aus der gemeinsamen Wohnung zu seiner Freundin, eine gewisse Karolin Reiser gefahren."

Edmund überlegte kurz und gab nun weitere Anweisungen an seine Kollegen.

„Andrea und Heinrich, ihr beide werdet zum Ehemann fahren! Ich leite Euch gleich das Protokoll weiter, dann habt Ihr den Namen und die Adresse. Ihr eröffnet ihm die traurige Nachricht und bestellt ihn zur Leichenhalle, er muss auf jeden Fall seine Frau identifizieren! Aber, er könnte auch der Täter sein, wenn sich die beiden zerstritten haben, also vorsichtig!"

„Geht klar!", sagte Heinrich und schaute Andrea an, doch sie wirkte heute irgendwie abwesend.

„Den beiden Kollegen Nörthen und Reiking möchte ich für Ihre Unterstützung in diesem Fall danken, und Sie bitten, diese Freundin, Karolin Reiser aufzusuchen und ihr Alibi festzustellen!" „Okay, aber wir brauchen die Adresse", deutete Michael Reiking an.

„Bekommen Sie gleich im Anschluss an diese Besprechung." Er gab Heinrich einen kleinen Wink mit seiner rechten Hand. Heinrich hielt sofort den Daumen hoch.

„Eine Sache habe ich noch", bemerkte Edmund und holte sein Portemonnaie heraus.

„Wie Ihr alle wisst, geht Henni am ersten Oktober in ihren wohlverdienten Ruhestand, hat vorher noch sieben Tage Urlaub und hat zu einem Umtrunk mit Essen an ihrem letzten Arbeitstag, das ist der 20. September, eingeladen. Ich wollte fragen, was wir ihr schenken können und wieviel wir pro Person sammeln wollen. Die Kollegen aus Wennigsen sind natürlich nicht betroffen."

Doch Andre wechselte mit seinem Kollegen einen schnellen Blick und sagte anschließend: „Bei dem guten Kaffee sind wir gern bereit zehn Euro pro Nase zu spenden. Außerdem gehören wir ab heute ja auch halb hierher." Edmund nickte erfreut. „Wer sammelt das restliche Geld ein?" Er schaute in die Runde und Andrea meldete sich sofort.

„Dann bitte bis Ende dieser Woche mal nachdenken, was wir Henni zum Abschied schenken können!"

Anschließend wurde die Runde aufgelöst und jeder ging wieder an seine Arbeit. Edmund wollte Juliane noch mal anrufen und später mit Achim Bär versuchen per Computer das Rätsel mit den Autoreifen zu lösen. Es wird nicht einfach werden, aber das Glück mit der Blutuntersuchung von Mareike vor etlichen Jahren, gab ihm wieder ein bisschen mehr Hoffnung, den Fall doch zu lösen.

Kap. 13: Donnerstag, 31.08.2017, 20:58 Uhr

Gekonnt lenkte Darius seinen Ford Mustang durch die Kurven und trat teilweise mehr auf das Gaspedal, um eine Drift hinzulegen. Es war weit und breit kein weiteres Fahrzeug auf der Landstraße von Eimbeckhausen nach Barsinghausen zu sehen. Die Fahrt führte über den Nienstedter Pass quer durch den Deister.

Er hatte heute um sechs Uhr ein Gesprächstermin als DJ. Das Vorgespräch war bei Inge und Hans Wollgarn, die beiden haben im November ihre Goldene Hochzeit und Darius ist als DJ engagiert worden. Sie hatten ihn bei ihren Freunden schon mal gesehen, besser gesagt, gehört und waren von seiner Musikauswahl total begeistert. Nun war das Gespräch zu Ende und Darius war mit einer langen Liste von Musikwünschen auf dem Rückweg nach Arnum.

Der Weg über den Nienstedter Pass war zwar nicht kürzer, aber sportlicher zu fahren. Sein Mustang schnurrte wie eine Katze durch die Kurven und den beachtlichen Höhenunterschied meisterte dieser Wagen ohne Probleme.

„Herrlich, das macht richtig Spaß", dachte sich Darius und hatte ein breites Grinsen im Gesicht. Der 2,3 Liter Motor heulte ein bisschen auf als das zehngängige Automatikgetriebe einen Gang herunterschaltete, um es mit der sechs Prozent Steigung aufzunehmen. Aber mit 290 PS unter der Haube war das gar kein Problem. Und er erinnerte sich noch genau an den Tag, als er im Lotto gewonnen hatte. Sechs Richtige, zwar ohne Superzahl, aber immerhin. Etwas mehr als Vierhundertsiebenundfünfzigtausend Euro landeten im Juli 2016 auf seinem Konto. Er war gerade seit einem halben Jahr von Lisa, seiner damaligen Ehefrau, geschieden. „Tja", sagte er laut vor sich hin, „Pech in der Liebe, Glück im Spiel" und musste unweigerlich lachen.

Daraufhin bezahlte er seine Eigentumswohnung komplett und leistete sich dieses Gefährt in Tropical-Orange Metallic mit zwei schwarzen Streifen längs über das Fahrzeug. Mit Navigationsgerät und allem, was ein Mann so braucht, hatte er es damals bestellt. Männer und ihre großen Spielsachen. Knapp über fünfundsechzigtausend Euro hatte er für seinen Jugendtraum hingeblättert. Nicht zu vergleichen mit seinem ersten Ford Fiesta mit etwas über 60 PS.

Die Versicherung ist zwar nicht billig, aber er hat ja noch genug von seinem Gewinn übrig. Auch noch, nachdem er ein Konto für seinen 16 Jahre alten Sohn Marvin für sein Studium zur Seite gelegt hatte. Marvin wollte später auf jeden Fall studieren. Allerdings war er sich noch nicht ganz schlüssig, ob Mathematik oder Physik. Für Darius waren die beiden Fächer immer mit einer schlechten vier auf dem Zeugnis bescheinigt worden. Insofern erstaunte es ihn, dass Marvin darin so ein Ass war.

Seine geschiedene Frau Lisa hatte ihn auch angepumpt. Erst wollte er nichts an sie bezahlen, aber dann hätte sich das Verhältnis zwischen ihm und Marvin deutlich verschlechtert. Und die zwanzigtausend Euro taten ihm wirklich nicht weh. Wäre die Beziehung zu seinem Sohn untergegangen, hätte er mehr verloren als sein Geld.

So pflegte er mit Marvin ein akzeptables Miteinander und unternahm regelmäßig mit ihm eine Tour in seinem Wagen. Leider nur jedes zweite Wochenende, aber immerhin haben die beiden so einige Orte besucht, was vorher mit Lisa nicht funktioniert hätte. Schon gar nicht mit lauter Musik. Und Darius hasste es, wenn sich jemand beim Musikauflegen bei ihm beschwerte und ihn bat, die Musik leiser zu machen.

Als Darius am höchsten Punkt des Passes angekommen war, ging es nur noch bergab, relativ gerade. Er trat das Gaspedal jetzt einmal voll durch. Die 290 PS wurden perfekt auf die Straße befördert, ohne durchdrehende Reifen. Die Beschleunigung war, wie immer, atemberaubend und drückte ihn ruckartig in die ledernen Sportsitze. Ohne es zu merken, hielt er für fast drei Sekunden seinen Atem an, bis die Beschleunigung langsam nachgelassen hatte. Er musste sich konzentrieren, denn er fuhr immer noch durch Waldgebiet. Als der Tacho „220Km/h" anzeigte, ließ er den Wagen ausrollen.

Knapp einen Kilometer weiter kam eine enge Linkskurve und die Reifen fingen an leicht zu quietschen, als Darius mit knapp einhundert Stundenkilometer einbog, obwohl hier nur fünfzig erlaubt sind. Wie auf Schienen folgten die Reifen der Fahrbahn, als plötzlich einhundertfünfzig Meter vor der nächsten Rechtskurve eine Wildschweinherde die Fahrbahn querte. Zum Glück hatte Darius das Fernlicht angeschaltet und somit erkannte er die Gefahr rechtzeitig, musste aber quasi eine

Vollbremsung hinlegen. Eine Wildschweinfamilie mit sechs Frischlingen, eine sogenannte Rotte, sprintete über die Fahrbahn. Zum Glück kam kein Fahrzeug von vorn und nach zwanzig Sekunden waren die Wildschweine wieder im Wald verschwunden.

Trotzdem wartete Darius noch kurz, atmete hörbar aus, bevor er wieder langsam weiterfuhr. Als er den Bahnübergang zwischen Egestorf und Kirchdorf erreichte, spielte sein Handy einen neuen Titel seiner Playlist. „*Call me*", von Blondie, Darius sang leise mit.

Kaum war der erste Refrain zu Ende, klingelte sein Handy und die Musik brach ab. Automatisch klingelte es nun an der Freisprecheinrichtung seines Wagens. Darius las ihren Namen im Display und nahm das Gespräch entgegen.

„Hallo Renni, lange nichts von Dir gehört, wie geht's?"

Es dauerte fast fünf Sekunden bis Renate unter Tränen antwortete: „Darius, kannst Du bitte vorbeikommen? Ich brauche Dich, denn ich hatte wieder einen Aussetzer. Und jetzt…", sie stockte, „…jetzt liegt Mareike in meiner Küche."

„Wie sie liegt in Deiner Küche? Ist sie betrunken oder was?"

„Komm bitte schnell vorbei, ich brauche Dich jetzt!"

„Kein Problem, bin in gut zehn Minuten bei Dir, fahre gerade durch Egestorf."

Doch Renate hatte schon wieder aufgelegt. „Komisch", dachte Darius, „was sollte denn das?"

Die Musik setzte wieder ein. Er wusste von ihren Aussetzern und hatte ihr geraten zum Arzt zu gehen, aber sie empfand es nie kritisch.

Der Motor heulte auf, als Darius das Gaspedal weiter durchtrat. Zum Glück war wenig Verkehr und keine zehn Minuten später parkte er den Wagen vorm Haus in Degersen.

Renate wohnte dort zur Miete im Erdgeschoss. Unter dem Haus, quasi im Keller, war die Garage, in dem Ihr Zweisitzer stand. Die Besitzerin des Hauses war eine alte Dame im Alter von neunundsiebzig Jahren mit Namen Alwine Seliger und bewohnte das erste Stockwerk. Seitdem ihr Mann vor etwas mehr als zwei Jahren an einem Herzinfarkt verstorben war, ist sie in die kleinere Wohnung nach oben gezogen. Sie war froh, dass sie die untere Wohnung schnell wieder vermieten konnte. Denn sie wollte nicht allein in diesem großen Haus wohnen. Da sie ein bisschen schwerhörig war, kam ihr Renate gerade recht. Für den Mietvertrag kam ihr Enkelsohn Martin extra aus Celle angefahren, da ihr Sohn Michael leider bei einem Autounfall verstorben war. Martin arbeitet dort in einem Supermarkt als Filialleiter und war letztendlich froh, dass seine rüstige Oma Renate als Unterstützung im Hause hatte.

Auch Renate mochte Alwine, half ihr beim Einkaufen oder wickelte ihr regelmäßig samstags die Haare auf. Als Renate ihr erzählte, dass sie Frisörin sei, erhielt sie sofort den Zuschlag. Renate war froh, sich so ein paar Euros dazu zu verdienen. Somit war es nicht verwunderlich, dass Alwine und Renate sich nach einer Woche duzten. All das erzählte Renate ihm bei seinem ersten Besuch.

Nun stieg er aus und ging zur Haustür. Er musste dazu fünf Stufen nach oben gehen, da der Keller teilweise im Erdreich war, somit die Wohnung quasi Hochparterre und drückte auf die Klingel von Renate.

Augenblicklich summte der Türöffner und Renate schaute ihn mit verweinten Augen an.

„Komm rein!", forderte sie ihn mit zitternder Stimme auf.

„Was ist los?", erkundigte sich Darius, aber Renate antwortete nicht und ging wieder in die Küche. Darius folgte ihr nichtsahnend.

„Oh mein Gott, Mareike, was ist mit Dir denn los?", fragte er, als er sie in der Küche liegen sah.

„Sie ist tot!", antwortete Renate und fing wieder an zu weinen.

Er konnte den Blick nicht lösen, obwohl es kein schöner Anblick war.

„Wie ist das denn passiert?"

Renate erzählte ihm den Vorgang, soweit sie sich erinnern konnte. Auch die Dinge, die sie und Mareike vorher erzählten. Immer wieder rollten Tränen über ihre Wangen und sie putzte sich regelmäßig die Nase.

Nach weiteren schier endlosen Sekunden, die sie schweigend auf Mareike schauten, erklärte Renate plötzlich energisch: „Wir müssen Mareike hier wegschaffen. Ich hatte ja nun schon über eine Stunde Zeit darüber nachzudenken."

„Und wieso gerade ich?"

„Weil ich Dir vertraue. Wir müssen erstmal davon ausgehen, dass ihr Mann Detlef nicht weiß, wo sie ist. Ihr Handy habe ich überprüft, es ist aus. Mareike erzählte mir, sie hatte es in Sarstedt ausgemacht, da sie sauer auf ihren Mann war und keine weiteren Telefonate mit ihm führen wollte. Ihre kleine Handtasche ist auch noch hier."

Nachdem sie kurz Luft schnappte, erklärte sie den weiteren Ablauf.

„Wir fahren sie in den Deister und legen sie dort ab. Ich kenne eine Strecke, wo wir mit deinem Wagen nicht auffallen werden."

„Wieso MEIN WAGEN?", erkundigte sich Darius lautstark.

„Na, weil ich doch nur einen kleinen Flitzer fahre und da bekommen wir Mareike in ihrem jetzigen Zustand nicht hinein, okay?" Das musste Darius anerkennen, da hatte sie Recht.

„Aber nicht mit dem vielen Blut an ihren Sachen", befahl er, „und wie bekommen wir sie in meinen Mustang?"

Nun übernahm Renate die komplette Führung des Gesprächs und erklärte:

„Als erstes machen wir hier alles sauber, Handtücher habe ich genug. Zweitens, ihre Schuhe und die Jacke müssen wir wieder anziehen und ein Handtuch um ihren Hals, damit Dein Wagen nicht besudelt wird."

„Das ist gut", bestätigte Darius und nickte eifrig.

„Anschließend fährst Du meinen Wagen aus der Garage und Deinen Wagen hinein und schließt das Tor danach. Dann können wir die Leiche ungesehen in den Kofferraum legen." Das erste Mal, dass Renate das Wort Leiche aussprach, vorher war es immer Mareike.

„Und deine Vermieterin?", wollte Darius wissen.

„Die ist doch schwerhörig und hat einen eigenen Eingang zu ihrer Wohnung, das ist kein Problem."

Darius war zwar schockiert über so viel Abgebrühtheit, aber es schien plausibel und er nickte zustimmend, obwohl er ein mulmiges Gefühl in seinem Magen verspürte. Kurz kam Darius die Polizei in den Sinn, aber eine Sekunde später verdrängte er die Gedanken wieder.

„Okay, dann lass uns anfangen!", befahl sie, ging ins Badezimmer und holte alle Handtücher, die sie finden konnte und gab Darius den Auftrag ihren und seinen Wagen schon mal zu tauschen. Es war nun 21:45 Uhr und draußen schien alles ruhig, so dass es kein Aufsehen geben sollte.

Um 23:38 Uhr war die Wohnung aufgeräumt. Mareike war bereits fertig angezogen und lehnte, auf dem Fußboden sitzend, im Flur an der Wand. Das hört sich leichter an als es tatsächlich war. Ein Handtuch lag über ihrem Kopf und eins war wie ein Schal um ihren Hals gewickelt. Um den Oberkörper hatten sie einen großen Müllbeutel gestülpt und Mareike saß komplett auf einer alten Decke, damit der Flur und die Wand sauber blieben. Der Fußboden in der Küche war mit viel Wasser und Spülmittel gewischt worden. Den Flur wollte Renate nach dem Abtransport der Leiche reinigen.

Den Geschirrspüler hatten sie danach ausgeräumt, die schmutzigen Teller und Gläser vom Essen mit Mareike wieder hineingeräumt und gleich wieder angestellt. Renate erzählte ihm, dass auf dem Geschirr und der restlichen Pizzen Blutspritzer zu sehen waren. „Na lecker", dachte Darius und schüttelte sich.

Die mit Sekt, Blut und Urin verschmierten Handtücher steckte Renate in ihre Waschmaschine und ließ diese mit Vorwaschgang mit Höchsttemperatur reinigen.

Renate hatte an alles gedacht, sogar an die alten Hausschuhe, die Darius und sie nur in der Küche anzogen. Nach der Reinigung konnten immer noch irgendwo Blutflecken sein.

Nachdem auch der Kühlschrank, der Tisch, die Stühle und die Küchenzeile, also quasi alles in der Küche gereinigt war, waren beide ziemlich durchgeschwitzt. Sie verließen die Küche, zogen die Hausschuhe aus und stopften diese in den Müllsack, den Renate vorsorglich im

Flur deponierte, bis alles sauber war. Auch das zerbrochene Sektglas verstaute sie vorsichtig in einem Hausschuh, damit der Müllsack nicht versehentlich zerschnitten wurde. Der übergestülpte Müllsack von Mareike entfernte Renate, damit Darius die Leiche besser tragen konnte. Alles schien perfekt.

Nun aber folgte der schwierigste Teil. Mareike durch das Treppenhaus nach unten in die Garage zu tragen ohne Spuren zu hinterlassen. Denn Blut von der Wand wischen ist nicht so einfach, wie Handtücher zu waschen. Aber die Idee mit dem Handtuch um den Hals funktionierte gut. Bevor Mareike in den Kofferraum gelegt werden konnte, legte Renate noch eine alte graue Malerdecke hinein, damit keine Blut- oder sonstigen Flecken im Mustang zurückblieben.

Als sie jedoch Mareike in den Kofferraum legen wollten, stieß Darius Mareikes Kopf an der Ladekante an. Die Füße hatte Renate schon im Kofferraum doch der Kopf fehlte noch. Dieser baumelte hin und her, vor und zurück, da die Leichenstarre noch nicht eingesetzt hatte. Darius hatte Mareike immer noch unter den Achseln fest im Griff, und versuchte, sie nicht anzuschauen. Der Kopf schlug hart im Kofferraum auf und es lief nun doch noch Blut aus ihrem Mund neben die ausgelegte Malerdecke auf die Kofferraummatte heraus. Daran hatten sie nicht gedacht.

„Mist", seufzte Darius leise, „das muss ich später noch mal reinigen!"

Es dauerte noch etwas, bis sie Mareike in den Kofferraum gelegt hatten, ohne dass die hin und her schaukeln konnte. Sie legten auch eine weitere Decke über ihren Körper.

Darius schaute auf die Uhr und stellte fest: „Es ist jetzt halb eins, ich denke wir können starten. Was machen wir mit ihrem Handy und der Tasche?"

„Das lassen wir erst mal hier. Dann ist es schwieriger für die Polizei, denn ich gehe stark davon aus, dass Mareike über kurz oder lang im Wald gefunden wird."

Die Tankleuchte machte sich beim Starten bemerkbar und gab auf dem Display die maximale Reichweite von nur noch ‚35 KM' an. Das hatte Darius vergessen, die Leuchte gab schon eine Warnung von ‚65 KM' heraus, als er in Eimbeckhausen losfuhr. Er musste also nachher noch tanken. Er muss ja heute noch nach Arnum fahren. Gleich nachdem Darius aus der Garage herausgefahren war, fuhr Renate ihr Auto wieder hinein und verschloss die Garage. Keine drei Minuten später waren die beiden auf dem Weg in den Deister.

Sie fuhren in Degersen in Richtung Glockenstraße und weiter in Richtung Wennigser Mark. Auf diesem Feldweg war zu dieser Zeit kein Verkehr mehr und somit wurde der Ford Mustang von niemandem gesehen, als er links in den Waldweg in Richtung Finn Hütten fuhr. Aber hier am Waldrand schien es Renate zu gewagt, die Leiche von Mareike abzulegen, also weiter. Auf der Höhe der Finn Hütten konnten sie ein Lagerfeuer entdecken, um das sich ein paar wenige Besucher versammelt hatten, um fröhlich ein Lied zu singen. Doch es bemerkte niemand den Leichentransport.

Als der Mustang an der Kreuzung am Waldkater angefahren kam, bog Darius rechts ab und fuhr tiefer in den Wald hinein. Nur mit eingeschaltetem Standlicht erreichten sie nach knapp siebenhundert Metern einen Holzstapel und Darius fuhr erstmal vorbei, drehte den Wagen an der nächsten Kreuzung und fuhr langsam wieder dahin zurück.

„Halt an!", forderte Renate, „Hier sieht es gut aus. Die Leiche können wir hinter dem Stapel ablegen, ohne dass sie sofort gesehen wird."

Darius wunderte sich immer mehr über Renate, sie wirkte nun sehr kühl und abgebrüht. Sie war auch damals, als sie und Mareike ein Paar waren, der männliche Part dieser Beziehung, erinnerte er sich jetzt. Darius parkte den Wagen so, dass die Scheinwerfer in den Wald leuchteten. Somit konnten sie wenigstens sehen, wo sie hintraten. Alles war voller dichtem Farn. „Idealer Ort!", flüsterte Renate zu Darius. „Na dann mal los."

Sie hatten Mareike gerade abgelegt und die Handtücher entfernt, als sie plötzlich ein Geräusch in einiger Entfernung hörten. Darius erkannte ein Grunzen und quieken.

„Sofort weg hier Renni! Da hinten kommen Wildschweine auf uns zu."

Renate und Darius rannten so schnell sie konnten durch das Gestrüpp zurück zum Mustang. Renate schloss die Beifahrertür und schaute noch mal in Mareikes Richtung und fing an zu weinen. Denn sie wusste, dass es das letzte Mal war, dass sie sie sehen würde. Darius ließ den Motor aufheulen und fuhr mit durchdrehenden Reifen los, raus aus dem Wald.

Kap. 14: Montag, 04.09.2017, 11:45 Uhr

Als Kommissarin Andrea Hehlwisch mit sanftem Druck auf die Klingel bei Detlef und Mareike Mende drückte, spürte sie einen Kloß in ihrem Hals, denn Heinrich hatte es ihr überlassen, die traurige Nachricht zu übermitteln. Einen kleinen Moment später wurde die Tür per Türsummer geöffnet. Detlef stand am Fenster, als der Polizeiwagen vor dem Haus gehalten hatte. Andrea und Heinrich stiegen durch das Treppenhaus in die erste Etage, Detlef stand in der Tür: „Haben sie etwas von meiner Frau erfahren?", stellte er neugierig seine Anfrage.

„Das ist meine Kollegin Kommissarin Hehlwisch und mein Name ist Oberkommissar Hoelst. Dürfen wir erst hereinkommen?" „Selbstverständlich", antwortete Detlef mit gesenkter Stimme und ahnte wohl schon, was nun kam.

„Ich gehe mal voran ins Wohnzimmer, bitte kommen sie hier herein und schließen die Haustür." Er trottete mit hängenden Schultern ins Wohnzimmer. Andrea und Heinrich folgten ihm durch den Flur, wo etliche Bilder von Mareike und Detlef aus glücklichen Tagen hingen. Auch ein Bild von Mareike mit einer anderen Frau, eine ältere Aufnahme stellte Andrea fest, die Klamotten waren nicht aus den letzten zwei Jahren. Andrea versuchte sich noch weitere Details zu merken, unter anderem die Schuhe, die am Eingang auf dem Schuhregal standen, alles Turnschuhe in verschiedenen Farben, alle von Mareike.

Im Wohnzimmer angekommen drehte Detlef sich zu den hinter ihm gehenden Beamten um und erkundigte sich erneut, ob sie etwas von seiner Frau gehört hätten.

Andrea versuchte so ruhig wie möglich zu sagen: „Herr Mende, wir müssen Ihnen leider mitteilen, dass Ihre Frau Opfer eines Verbrechens…"

„NEIN!", schrie Detlef heraus und unterbracht den Satz von Andrea, „Das darf nicht sein."

Andrea vollendete leise den Satz: „…geworden ist."

Er fing an zu weinen, ging in die Knie, haute mit beiden Fäusten aufs Sofa und rief dabei immer ihren Namen.

Etwas später, nach unzähligen Schlägen aufs Sofa, setzte sich Detlef und sprach schluchzend: „Entschuldigen Sie bitte, nehmen Sie Platz. Wissen Sie schon, was und wie es passiert ist?"

Andrea ergriff, nach einem kurzen Blick zu ihrem Kollegen, wieder das Wort.

„Herr Mende, wir möchten Ihnen als erstes unser Beileid ausdrücken", fing Andrea an zu erzählen. „Ihre Frau wurde leider tot im Deister, nahe dem Ort Wennigsen, gefunden. Die Ermittlungen laufen noch."

„Wie kommt sie denn da hin?"

„Vermutlich wurde sie dort nicht getötet, sondern nur abgelegt." Als Andrea den Satz beendet hatte merkte sie, dass das Wort ‚nur' irgendwie nicht angebracht war.

Stumm und in sich zusammengesunken hörte Detlef der Beamtin zu und blickte erstaunt auf, als Heinrich nun das Wort übernahm.

„Und leider müssen Sie Ihre Frau auf jeden Fall im Leichenschauhaus identifizieren. Wir fahren Sie dorthin und bringen Sie auch wieder zurück."

„Jetzt?", und blickte die beiden Kommissare fragend an.

„Ja, gleich im Anschluss, aber vorher habe ich noch ein paar Fragen an Sie."

„Ja, bitte fragen sie, wenn ich etwas dazu beitragen kann."

„Laut der Vermisstenanzeige haben Sie zu Protokoll gegeben, dass Sie sich mit Ihrer Frau gestritten haben. Warum?" verhörte Heinrich jetzt schon energischer.

„Ich habe ihr am Morgen erzählt, dass ich ein Verhältnis mit Karolin Reiser habe. Dann gab ein Wort das andere und irgendwann bin ich dann genervt zu Karolin, ich meine Frau Reiser gefahren."

„Haben Sie Ihre Frau danach noch einmal gesehen?"

Heinrich übernahm jetzt vollständig die Gesprächsführung, sehr zum Bedauern von Andrea. Aber jetzt konzentrierten sich die Beamten auf jede Mimik und Gestik, die Detlef Mende an den Tag legte, in der Hoffnung, irgendeinen Fehler in seinen Ausführungen zu erkennen.

„Nein, danach habe ich Mareike nicht mehr gesehen." Er fing wieder an zu schluchzen, nahm sich ein Taschentuch aus der Packung vom Wohnzimmertisch und putzte sich die Nase.

„Wie haben Sie festgestellt, dass Ihre Frau weg ist?"

„Als ich am Samstagmittag nach Hause kam, war sie nicht da. Ihr Handy, Schlüssel und Portemonnaie fehlten."

„Und warum haben Sie die Vermisstenanzeige erst am Samstag aufgegeben?"

„Ich bin am Donnerstagnachmittag mit Frau Reiser nach Hamburg gefahren. Sie hatte geschäftlich in Hamburg zu tun und ich habe ja noch Urlaub bis Ende dieser Woche. Ich wollte Mareike vor der Fahrt endlich alles beichten."

„Okay, danke," bestätigte Andrea mit einem Blick zu Heinrich, der anscheinend noch nicht zu Ende war mit der Befragung. „Hier ist meine Visitenkarte auch mit den Telefonnummern unserer Zentrale, die sich in Ronnenberg befindet."

Nun ergriff Heinrich das Wort. „Eine Frage habe ich noch. Wann waren Sie wieder aus Hamburg zurück, Herr Mende?"

„Wir haben das Hotel gegen neun Uhr verlassen und ich war dann um kurz nach zwölf Uhr hier in Sarstedt."

„Sie haben drei Stunden gebraucht von Hamburg bis hierher?"

Detlef wurde nervös und erklärte schließlich: „Nun ja, die Fahrt dauerte in der Tat nur ca. eineinhalb Stunden, dann waren wir bei Karolin, ach Frau Reiser. Die restliche Zeit haben wir beide noch einen Kaffee bei ihr getrunken, bevor ich nach Hause fuhr."

Andrea und Heinrich sahen sich an und konnten ahnen, wie sich die beiden die restliche Zeit vergnügt hatten. Sie beließen es dabei und erhoben sich.

„Herr Mende, ziehen Sie sich bitte eine warme Jacke an, wir fahren jetzt zur Leichenhalle!", befahl Andrea.

„Kann ich nicht allein dort hinfahren? Ich muss hinterher gleich noch einmal bei Frau Reiser vorbeifahren."

„Können Sie denn fahren?", erkundigte sich Heinrich.

„Ja, es geht schon wieder, wie lautet die Adresse?"

Heinrich sagte ihm, er solle heute um drei Uhr nachmittags zur Zentrale nach Ronnenberg kommen, von dort würde man mit ihm zur Leichenhalle fahren. Er belehrte ihn auch darüber, dass er und auch Frau Reiser sich weiterhin zur Verfügung halten müssten. Kurz danach verließen Andrea und Heinrich das Haus und fuhren wieder in die Zentrale zurück.

Auf dem Weg nach Ronnenberg kamen die beiden ins Gespräch und versuchten so viele Dinge aus der Vernehmung zu resümieren.

„Na, was meinst Du zu Herrn Mende?", interviewte Andrea ihren Kollegen.

„Ziemlich komisch. Erst heult er wie ein Schlosshund und dann will er gleich wieder zu seiner Freundin."

„Ich hätte ja erst mal meine Eltern und Schwiegereltern angerufen. Aber jetzt hat er dafür ein bisschen Zeit. Dann kommt für ihn nochmal ein schwerer Schritt." Andrea meinte damit die Identifizierung von Mareike.

Daraufhin erwiderte Heinrich, als sie durch Schliekum in Richtung Jeinsen fuhren, „Die Eltern kann er nicht mehr anrufen, kamen beide bei dem schweren Schiffsunglück auf der Ostsee vor ein paar Jahren ums Leben. Und die Schwiegereltern sind Mareikes Großeltern, da Mareikes Eltern laut Jugendamt Hannover und Gerichtsbeschluss, unfähig waren, das Kind zu erziehen. Drogenabhängig, Du verstehst?"

Andrea nickte und folgerte: „Na dann schließt sich ja fast der Kreis zu Mareike. Sie wurde doch auch wegen Drogenbesitz festgenommen."

„Und die Großeltern", fuhr Heinrich fort, „sind auch schon seit über zwanzig Jahren beerdigt."

„Lob und Anerkennung für Deine Recherche, Heinrich!" Heinrich lächelte ihr kurz freundlich zu.

„Ich habe mir die Bilder in der Wohnung, im Flur sowie im Wohnzimmer versucht einzuprägen. Alle Bilder waren aus den letzten drei bis fünf Jahren, Hochzeit, Urlaub, vermutlich Hochzeitsreise, Freunde und Bekannte, aber ein Bild war anders."

„Wirklich?"

„Es war älter und hing weiter hinten, Mareike mit einer Freundin. Sie war auch auf den Hochzeitsbildern zu sehen."

„Wie kommst Du darauf?", wollte Heinrich wissen. „Nun, die Klamotten auf dem Bild waren mindestens fünfzehn bis zwanzig Jahre älter und beide Frauen sahen dementsprechend jünger aus. Vielleicht sollten wir von Herrn Mende den Namen erfragen."

„Und wie Du vielleicht gesehen hast, hat Mareike nur Turnschuhe im Schuhregal gehabt."

Heinrich antwortete schnell, „Hab ich auch gesehen!", aber Andrea merkte an seiner Stimme, dass er es nicht registriert hatte. Sie kannte ihn zu gut, um zu wissen, dass er jetzt ein wenig geschwindelt hatte.

„Der Rest der Wohnung sah für mich relativ normal aus" endete Andrea mit ihren Ausführungen.

Zwei Minuten später erkundigte sich Heinrich bei Andrea nach der Obduktion. „War es schlimm für Dich?"

„Nein, es war zu ertragen", antwortete Andrea gelassen. „Durch die Bilder an der Pinnwand in Edmunds Büro war ich schon vorgewarnt. Das entstellte Gesicht in Natura zu sehen, war schon echt ekelig. Den Bericht von Juliane hast Du ja gelesen. Nur gut, dass Jens auch anwesend war. Somit musste ich nicht so dicht an den Seziertisch herantreten."

„JENS?", rief Heinrich ganz erstaunt und Andrea merkte, dass sie einen Fehler gemacht hatte.

Andrea versuchte zu retten, was noch zu retten war, aber es war schon zu spät.

„Ich meine, Herrn Zündel, der Praktikant von Juliane. Er war freiwillig anwesend, aber häng es nicht an die große Glocke", besänftigte sie ihn.

„Und Ihr seid per „DU", seit wann das denn?", erregt horchte er Andrea weiter aus und bemerkte wie sein Blut in den Adern pulsierte. Aber Andrea argumentierte seelenruhig: „Du wirst es ja doch herausbekommen. Also, Jens und ich sind im Anschluss an die Obduktion noch auf ein alkoholfreies Bier in die Kneipe gegangen."

Heinrich kochte vor Wut und Andrea merkte es an der Fahrweise, die er nun an den Tag legte.

Sarkastisch bohrte er nach: „Und war es schön?", und er trat das Gaspedal noch weiter durch.

Andrea schaute ihn von der Seite an und sein Gesicht sprach Bände. „Bist Du etwa eifersüchtig?"

Aber Heinrich antwortete nicht, er starrte weiter auf die Straßenführung. „Das finde ich albern von Dir und außerdem ...", fing sie den Satz an, aber Andrea sagte nun lieber nichts mehr. Sie verschwieg ihm lieber, dass sie Jens eigentlich ganz nett findet.

„Heinrich ist zwar ein netter Kollege, und er mag mich wohl, sonst hätte er nicht so reagiert", dachte Andrea still bei sich, „aber im Moment möchte ich mich noch nicht festlegen, nicht nach dem schönen Abend mit Jens."

Kap. 15: Samstag, 02.09.2017, 18:26 Uhr

Vorsichtig nahm sie das Kochmesser mit der scharfen Klinge aus der Schublade, zog den Messerschutz ab und setzte das Messer auf die Brust vor ihr. Langsam und mühelos glitt die Schneide durch das Fleisch und Juliane betrachtete den sauberen Schnitt.

„Sehr glatt, nur gut, dass das Messer so scharf ist", sagte sie zu sich selbst.

Sie wiederholte den Vorgang bis die Hähnchenbrust in kleinen Scheiben auf dem Schneidbrett lag. Den Salat, die Tomaten, Gurken und Radieschen hatte sie schon fertig gewaschen und standen für sie und Andrea auf der Arbeitsplatte bereit. Sie hatte noch ein paar Minuten, bevor Andrea klingeln würde, und setzte sich auf einen Küchenstuhl und schaute auf ihr Handy, ob sich ein Verehrer bei ihr gemeldete hatte. Leider nein. Also studierte sie frustriert das Wetter und schaute sich die Statusmeldungen einiger Freundinnen an. Anschließend ging sie ins Wohnzimmer, um den Kamin vorzubereiten.

Kurz nach 16:00 Uhr war sie bereits aufgestanden. Sie konnte nicht mehr schlafen, fühlte sich aber auch gut erholt, zog nur schnell einen Hausanzug über. Dann ging sie in die Küche und bereitete sich einen Cappuccino.

Sie stellte diesen, weil er noch zu heiß war, neben die Spüle auf die Arbeitsplatte und räumte einige Teile in die Spülmaschine und startete das Öko-Programm. Die großen Töpfe und was nicht mehr in die Spülmaschine passte, wusch sie ab und ließ diese auf dem Abtropfgitter neben dem Spülbecken stehen. Anschließend nahm sie das Gemüse aus dem Kühlschrank und bereitete es vor. Sie putze es und stellte jede Gemüsesorte einzeln in ein separates Schälchen. Sie war es so gewohnt, denn bei einer Obduktion musste auch jedes Organ in eine Extraschale gelegt werden.

Nachdem alles für das gemeinsame Kochen vorbereitet war, ging sie ins Bad und machte sich ein bisschen Farbe ins Gesicht. Keinen roten Lippenstift, denn sie wollte nicht in Konkurrenz zur MM durch die Wohnung wandeln. Sie blickte beim Schminken in den Spiegel und da sie beim Auftragen mit dem Kajalstift dichter an den Spiegel musste, stellte sie erstaunt fest, dass sie älter geworden war.

„Ach herrje, schon wieder ein Fältchen mehr an den Augen", jammerte sie vor sich hin. „Aber nun ist Schluss mit den Schwimmringen oberhalb meiner Hüften. Ab heute wird abgenommen, so kann es ja nicht weitergehen. Es wird Zeit", folgerte sie weiter, „dass ich einen brauchbaren Mann ins Bett bekomme. Und wenn ich erst wieder meine Traumfigur zurückbekommen habe, geht es mit Andrea auf Männerschau."

Als ihr Spiegelbild sie freundlich und hübsch zugleich zuzwinkerte, verließ sie das Bad und bog ins Schlafzimmer ab, um sich umzuziehen. Der Hausanzug ist nun wirklich nichts für einen Empfang von Besuch.

Im Schlafzimmer angekommen, knipste sie das Licht an. Es war eine LED-Leuchte, quadratisch mit kleinen hängenden Zapfen aus Glas. Die LED-Lichter waren in rot, grün und blau und wechselten ihre Farbe immer nach einem bestimmten Muster und vier Halogenstrahler für helles Licht. Über ihrem Bett waren zwölf Spiegel angebracht. Ein Relikt von ihrem Ex Boris, er konnte sich nicht genug satt sehen, wenn Juliane und er wild durch das Bett tobten. Und immer, wenn Boris Lust verspürte, knipste er das Licht, nur das rote, an. Aber als er von Julianes neuem Job als Gerichtsmedizinerin hörte, war bei ihm nur noch „tote Hose". Vier Wochen später hatte er die Decke bei Melissa „verkachelt". Juliane war perplex, aber ab da nur noch die Ex. Das war vor fast zwei Jahren und nun reichte es, es musste wieder ein Mann ins Bett. In dieses Bett.

Sie ging zum Schrank und suchte sich eine kleingeblümte, beige Bluse und eine schwarze Stretch Jeans hervor. Um den Hals wollte sie erst eine kleine Kette machen, aber nachdem ihr die Gedanken von der Obduktion in den Sinn kamen, strich sie sich über ihren Hals und machte lieber keine Kette mehr um. Ihr teures Armband legte sie auf ihren Nachttisch, denn beim Kochen würde sie das Klimpern nur stören.

Im Amerikazimmer deckte sie anschließend noch den Tisch. Eine Amerikaflagge diente als Tischdecke und weiße tiefe Teller mit einem roten Rand – Marilyn lässt grüßen- stellte sie an die vorgesehenen Plätze für sie und Andrea. Aus dem Sideboard holte sie noch dunkelblaue Stoffservietten, rollte jede Serviette, zog einen roten Serviettenring darüber und legte auf jeden Teller eine ab. Nachdem das Besteck und die Gläser ihren Platz gefunden hatten, stellte sie einen kleinen Biedermeierstrauß vom Blumenladen um die Ecke, als Deko in die Mitte des Tisches. Dann schaute sie in die Runde, ob alles passte und knipste das Licht an der Decke an. „Wirklich perfekt!", dachte sie bei sich, schaltete das Licht wieder aus und verließ den Raum.

„Damit könnte ich auch bei einem Mann meiner Wahl punkten", kam es ihr in den Sinn.

Sie bereitete im Wohnzimmer gerade den Kamin vor, als es an der Tür klingelte. Sie unterbrach ihre Arbeit, ging zur Haustür und öffnete diese.

„Hallöchen Juli", strahlte Andrea sie an. „Schau mal, was ich uns mitgebracht habe", und hielt eine Flasche Rose Sekt hoch.

„Super, komm rein. Ich habe schon alles vorbereitet", freute sich Juliane und schloss die Tür hinter Andrea.

„Wo soll ich die Flasche hinstellen? Gleich ins Esszimmer?"

Andrea kannte die Wohnung, da sie sich schon häufiger getroffen hatten, um die Männer im Gespräch aufs Korn zu nehmen.

„Ja, aber dann wieder in die Küche kommen, wir sind ja nicht zum Vergnügen hier, sondern zum Kochen", scherzte Juliane.

Als Andrea in die Küche kam, staunte sie und sagte ein bisschen enttäuscht: „Juli, das wollten wir doch zusammen machen."

„Entschuldige, aber ich war schon so früh wach und habe nur das Gemüse gewaschen, anbraten darfst Du, inklusive der Hähnchenbrust", und zwinkerte sie an.

„Okay, so geht es ja auch schneller, denn ich habe jetzt schon Hunger", und band sich eine Kochschürze um.

„Juli, kannst Du schon mal den Sekt aufmachen. Hast doch bestimmt Eiswürfel, oder?"

„Natürlich, Annie!"

Nachdem Andrea die Hähnchenbrust gebraten und den Salat fertig hatte, gingen beide ins Esszimmer. Während des Essens unterhielten Sie sich über belanglose Dinge, bis zu dem Punkt, als Juliane Andrea aushorchte: „Und wie bist Du heute Morgen nach Hause gekommen?"

„Allein", merkte Andrea an und Juliane hatte wohl auch nichts Anderes erwartet. „Aber ich war noch mit Jens Zündel auf einen Drink in der Knochenbar."

Erstaunt blickte Juliane von ihrem Teller auf und sah Andrea an. „He, deine Augen leuchten aber verräterisch. Und was ist mit Heinrich? Ihr beide passt doch so gut zusammen."

„Heinrich ist zwar ein netter Kollege, und wir beide ergänzen uns super, wenn wir auf Streife sind, aber…", sie stockte, „…irgendwas fehlt, um eine feste Beziehung daraus zu machen."

„Und Jens hat Dir den Kopf verdreht?"

„Ich glaube, er mag mich", mutmaßte Andrea. „Er machte ein paar Andeutungen mir gegenüber, die nicht ohne Wirkung bei mir blieben, habe noch stundenlang wach im Bett gelegen."

„Uih, so schlimm?"

„Wenn ich ehrlich bin, ja. Er ist schon ein Süßer, ist körperlich gut gebaut, hat ungefähr mein Alter, schon fast zu perfekt für mich. Er hat erzählt, dass er früher in der Schule zweimal eine Klasse übersprungen hat, weil er so begabt war und hat sein Abi mit glatt Eins gemacht. Deshalb war er auch einer der jüngsten Kommilitonen im anschließenden Studium als angehender praktizierender Arzt. Da er schon immer gern Krimis gelesen und später Horrorfilme ohne Furcht anschauen konnte, wollte er unbedingt in die Gerichtsmedizin. Das Praktikum bei Dir ist quasi die Vorstufe zur Abschlussprüfung. Ihm gefällt die Zusammenarbeit mit Dir ganz besonders gut."

„Donnerwetter, Dich hat's aber erwischt" stellte Juliane erstaunt fest. „Und ja, ich stimme Dir zu, er passt gut in meine Abteilung. Bis jetzt hat er nur gute Ergebnisse gezeigt und ich denke, ich stelle ihn mal meinem Vorgänger Herrn Mönkeburg vor." Es trat eine kleine Pause ein, weil Juliane sich ein Stückchen Tomate genüsslich in den Mund schob. „Aber sag mal Annie, was ist mit mir? So wie ich aussehe, wird es schwierig, einen Mann für mich heranzuholen", raunte Juliane jetzt Andrea an. Andrea musste unweigerlich grinsen.

„Keine Panik, Juli, habe uns für nächste Woche Mittwoch im Fitnesscenter eine Stunde Training gebucht,

Schnupperstunde. Bis dahin wird ab jetzt jeden Tag mindestens eine Stunde gelaufen. Ich empfehle Dir in der Nähe von Bahlsen im Feldweg zu parken und dort über die Feldwege in Richtung Nordgoltern eine Runde zu drehen. Das ist dann wenigstens in der Natur. Bei den ersten beiden Tagen kann ich Dich noch begleiten, aber ab Montag geht es leider nicht, habe Spätschicht mit Heinrich."

„Und dabei soll ich keine Panik bekommen? Ich laufe doch nur, wenn Du mir als Belohnung ein Jägerschnitzel mit extra viel Pommes danach servierst." Beide mussten lachen und tranken jeder einen Schluck des leckeren Sektes.

Andrea war froh, dass es jetzt um Julianes Figur ging, denn je mehr sie von Jens sprachen, merkte sie ein Kribbeln in ihrem Bauch und sie wollte es eigentlich nicht glauben, aber sie hatte ihn gern. Nach dem heutigen Date in der Knochenbar schien eine Beziehung zu ihm greifbarer, als eine zu Heinrich. Andrea und Juliane leerten noch eine Flasche alkoholfreien Granatapfelsekt am knisternden Kamin bei frivolen Gesprächen über das männliche Geschlecht. Bevor sich beide gegen Mitternacht verabschiedeten, räumten sie noch schnell alles auf und Andrea fuhr wieder nach Hause. Aber kaum saß sie in ihrem Wagen, kreisten ihre Gedanken von Heinrich zu Jens und wieder zurück. Sie wusste, diese Nacht würde sie auch wieder länger wach liegen.

Kap. 16: Montag, 04.09.2017, 11:36 Uhr

Die beiden Kommissare Michael Reiking und Andre Nörthen waren in Wennigsen unterwegs zu einer Produktions- und Vertriebsfirma für Kosmetikprodukte. Es ist die Arbeitsstelle von Frau Reiser. Nachdem sie Frau Reiser zu Hause nicht angetroffen hatten, ließen sie sich per Funk die Adresse von ihrer Arbeitsstelle geben. Sie parkten ihren Wagen, stiegen aus und meldeten sich beim Pförtner an. Einige Minuten später erschien Frau Reiser und bat die beiden Beamten ihr zu folgen.

Die beiden staunten nicht schlecht über diese attraktive Frau. Lange blonde Haare, sportlicher Typ, ideale Proportionen ließen diese Frau deutlich jünger aussehen als Mareike Mende. Kein Wunder, dachte Andre Nörthen, dass sich Detlef von dieser Frau mehr angezogen fühlte als von seiner eigenen Frau. Aber da musste noch mehr dahinterstecken. Er spürte es in seinem rechten kleinen Finger, mit Mareike stimmte etwas nicht, er wusste nur nicht was. Aber allein der Unterschied zwischen Karolin und Mareike konnte es nicht sein.

Sie gingen in ihr Büro und Karolin wies ihre Sekretärin an, nicht gestört zu werden. Karolin verschloss die Tür, bot ihnen in einer kleinen Besprechungsecke Platz und Kaffee an.

„Womit kann ich Ihnen behilflich sein?", erkundigte sie sich bei den Beamten, obwohl sie ahnte, um was es ging.

Kommissar Reiking ergriff das Wort. „Wie Sie sicher wissen, wurde Frau Mareike Mende als vermisst gemeldet."

„Ja, Herr Mende hat mich am Samstag gegen drei Uhr angerufen. Er hat ja auch sonst keinen mehr, den er informieren kann."

„Wie und wann haben sie Herrn Mende kennengelernt?"

„Ich habe seit einem Jahr eine Beziehung zu ihm. Aber er war es, der sich damals an mich heranmachte. Wir trafen uns im Fitnesscenter in Hannover. Er wollte seine Pfunde loswerden und Muskelaufbau betreiben, irgendwann sind wir dann nach einer Trainingseinheit in einer Bar versackt und kamen uns näher. Nun ja, seine Frau nun mal anders ist als ich und früher mit einer gewissen Renate zusammengelebt hatte, aber egal, tut meines Erachtens nichts zur Sache, oder?"

„Genau, wir sind hier, um zu erfahren, wo Sie und Herr Mende von Donnerstag bis Samstag waren?" inquirierte Kommissar Reiking, obwohl er ja bereits mehr wusste, verschwieg es aber noch.

„Hat Herr Mende doch bestimmt bereits in der Vermisstenanzeige getan, nicht wahr?" erklärte Karolin Reiser nun etwas verärgert. Sie hasste es, wenn jemand etwas fragte, was er schon längst wusste.

„Frau Reiser, bitte beantworten Sie meine Frage, wo waren Sie beide?" stellte er erneut die Frage.

Ein wenig geschockt von der Schärfe in seinen Worten antwortete sie aber relativ gelassen: „Ich war zu einer Kosmetikschulung in Hamburg, Herr Mende ist mitgefahren, da er zurzeit Urlaub hat. Wir waren nach meiner Schulung nur im Hotel bis auf Donnerstagabend, wir hatten Karten für ein Musical, es war die 20 Uhr Vorstellung. Ach Moment, ich habe die Karten noch in einer Seitentasche meiner Handtasche." Sie öffnete den Reißverschluss ihrer Handtasche und zog die Karten heraus.

„Das ist aber nur Donnerstag. Können sie belegen, dass sie auch noch Freitag und Samstag in Hamburg waren?"

„Ja, kann ich auch, wir waren am nächsten Tag als Besucher in der Elbphi, auch dazu brauchten wir eine Besucherkarte, diese kostete aber nichts. Hier bitte schön."

„Okay, danke für die Informationen."

„Ich habe hier die Rechnung vom Hotel liegen, da ich die Reisekostenabrechnung noch nicht an die Buchhaltung gegeben habe, brauchen sie eine Kopie davon?"

„Das wäre sehr nett. Bitte von allen Belegen!"

Karolin nahm den Telefonhörer ab und rief ihre Sekretärin an, um die Kopien erstellen zu lassen. Kurze Zeit später holte Frau Sauer die Originale aus dem Büro und wurde gebeten, vorerst nicht wieder hereinzukommen. Außerdem sollte sie den nächsten Termin in den späten Nachmittag verschieben. Nachdem Frau Sauer das Büro verlassen hatte, räusperte sich Kommissar Reiking erneut.

„Danke Frau Reiser," redete Kommissar Reiking nun mit normaler Stimme weiter. „Gern geschehen, sie können die Kopien im Anschluss bei meiner Sekretärin abholen."

„Aber, wenn ich fragen darf, wieso brauchen Sie denn die Belege? Schließlich stellt die Beziehung zu einem verheirateten Mann ja keine Straftat dar", stellte Karolin fest.

„Da haben Sie Recht. Aber wir überprüfen Ihre Angaben, um Ihr Alibi festzustellen."

Nun blickte Karolin erstaunt erst den einen, dann den zweiten Beamten an. „Alibi?", wiederholte sie fragend.

„Ja, Alibi, wir müssen überprüfen, wo sie zur Tatzeit gewesen sind, denn Frau Mende wurde tot aufgefunden." Er verschwieg den Fundort, in der Hoffnung, Frau Reiser würde sich später eventuell verplappern.

„Was sagen Sie da? Das kann doch nicht wahr sein. Detlef, ich meine Herr Mende, hat doch noch am Donnerstag mit ihr gesprochen."

„Ja, das kann schon sein, aber nun ist Frau Mende tot. Sie wussten es nicht?"

„Nein, höre ich jetzt zum ersten Mal und bin total schockiert. Mein Gott, der arme Detlef."

Die Art wie es Karolin Reiser äußerte war so echt, dass die beiden Kommissare nicht an der Wahrheit zweifelten. Auch die Belege, Karten und Hotelrechnung aus Hamburg, hatten den Anschein echt auszusehen.

„Eine abschließende Frage habe ich aber dennoch. Wann haben Sie und Herr Mende das Hotel verlassen?" wollte nun Andre Nörthen wissen.

„Wir haben das Hotel etwa um neun Uhr verlassen und wir waren dann kurz vor elf Uhr in Jeinsen. Um 12 Uhr ist Herr Mende dann nach Sarstedt gefahren."

Karolin Reiser zuckte nervös mit den Augen und erläuterte: „Wir haben uns noch einen Tee gemacht, und er hat mir geholfen die schweren Koffer auszuladen, bevor er nach Sarstedt fuhr."

Andre und Michael schauten sich kurz an und Michael zog die rechte Augenbraune nach oben. Andre wusste, was er damit meinte. Streiche Tee, setze Sex.

„Okay, danke für Ihre Mithilfe. Hier meine Karte mit den Telefonnummern unserer Zentrale, die sich in Ronnenberg befindet. Halten Sie sich bitte weiterhin zur Verfügung. Sollte Ihnen noch etwas einfallen, rufen Sie uns bitte an!", bat Kommissar Reiking. Beide Kommissare standen auf, verabschiedeten sich und verließen das Büro. Beim Arbeitsplatz der Sekretärin nahmen sie die Kopien und Belege von der Hamburg Fahrt entgegen. Frau Reiser wies Frau Sauer an, die Beamten bis zum Pförtner zu begleiten und ging wieder in ihr Büro zurück und verschloss die Tür.

Sie musste an Mareike denken. Nach alldem, was Detlef ihr erzählte, war sie wohl früher eine Lesbe, zumindest hat sie mehrere Jahre mit dieser Renate zusammengelebt. Sie musste unweigerlich grinsen, denn nun stand Mareike nicht mehr zwischen Detlef und ihr, tragisch zwar, jedoch Detlef und sie wollten ja eh den weiteren Lebensweg gemeinsam gehen.

Gleich darauf musste sie an die schöne Zeit mit Detlef in Hamburg denken, setzte sich auf ihren Ledersessel hinter ihrem Schreibtisch. Sie schloss ihre Augen und ließ den Gedanken von Hamburg freien Lauf.

Das Musical war eine Wucht, bunte Farben der großartige Gesang und die Choreografie der Tänzer als Antilopen und Löwen hatte sie begeistert. Die kurze Werbung im Fernsehen war nichts dagegen, wenn man Live dabei sein konnte.

Das Nachtleben an der Davids Wache sowie die Reeperbahn mit den vielen bunten Lichtern törnte sie an. Nur die Bar mit dem Namen „Goldener Handschuh" war für sie zu schmuddelig. Zumal auch an einem Tisch ein junges Mädel, teilweise tätowiert, betrunken und schlafend auf dem Tisch lag. Nach einem schnellen Bier verließen sie die Bar, ohne zurückzuschauen. Anschließend gingen Detlef und sie noch durch die „Große Freiheit" hindurch. Sie kamen an einer Bar vorbei und sahen dort einen Indianer mit vielen LEDs auf seinem Kopf, der sie animierte, in die Bar zu kommen.

Sie kuschelte sich an Detlef heran und flüsterte ihm was Nettes in sein Ohr, als sie ein paar Meter weiter im Hinterhof „Die Ritze" entdeckten. Er grinste erfreut, gab ihr einen Kuss und eine halbe Stunde später waren sie im Hotel.

Schon im Fahrstuhl zur höchsten, der achtzehnten Etage, hätten sie sich am liebsten ihre Klamotten vom Leib gerissen. Jedoch in der zehnten Etage stieg eine ältere Dame hinzu, um in der siebzehnten Etage auszusteigen, mussten sie sich arg zusammennehmen. „Ob die andere Mitfahrerin wohl auch eine Verabredung hatte?", fragte sich Karolin damals.

Endlich im Hotelzimmer angekommen, flogen die Anziehsachen und Schuhe schnell in die Ecke und das Bett wurde einer harten Bewährungsprobe unterzogen. Nebenbei lief der Flachbildfernseher, der sich standardmäßig automatisch anschaltete, nachdem man die Karte fürs Licht in den Kartenhalter steckte. Es wurde ein Kaminfeuer in Dauerschleife gezeigt und hauchte das Zimmer in die passende Stimmung zum Schmusen.

Nach einer Stunde Sex mit anschließendem Kuscheln und Schmusen gingen die beiden unter die Dusche. Sie seiften sich gegenseitig mit einem Schwamm ab.

Das warme auf der Haut prickelnde Wasser, die Berührungen von Detlef mit einem weichen Schwamm an ihren Brüsten und zwischen ihren Beinen stimulierte sie erneut. Karolin drehte sich um und Detlef verwöhnte sie nun langsam von hinten. Kurze Zeit später explodierten beide das zweite Mal und sie mussten aufpassen, dass sie bei dem vielen Schaum in der Duschwanne nicht ausrutschten. Detlef verstand sein Handwerk. Sie konnte sich nicht vorstellen, warum es bei Mareike und ihm gar nicht mehr funktionierte.

Am zweiten Abend waren sie im Portugiesen Viertel. Dort speisten sie in einem rustikalen Lokal im Außenbereich des „D. Jose" und besuchten hinterher die Elbphi. Dort darf jeder in luftiger Höhe ein oder mehrere Male außen herumgehen und in die Ferne schauen. Aber Karolin hatte jedes Mal ein mulmiges Gefühl, als sie ganz dicht an die Absperrung aus Glas trat. So beschlossen sie in das dortige Bistro zu gehen, um einen Cappuccino zu trinken.

Als sie abends wieder ins Hotel zurückkamen, gingen sie in die im hinteren Teil des Eingangsfoyers platzierte Bar. Sie war wie ein rundes „U" quer im Raum. Über der Bar waren Holzpanelen in rundlichem Design und 15 kleine Leuchten hingen von der Decke herunter und beleuchteten somit den gesamten Tresen mit gedämpftem Licht. Überall in der Lounge saßen Gäste auf großen Sesseln an kleinen davor platzierten Tischen herum.

Da waren unter anderem ein Sportverein aus Wilchingen in der Schweiz in der einen Ecke, in der anderen eine Mädels Truppe aus Warburg, die ein Wochenende mal ohne Kinder und Mann gebucht hatten. Endlich mal raus aus dem Alltag und trotzdem war das Thema Nummer 1, ihre Kinder und ihre Männer. Auch eine Gruppe Männer, die sich angeregt über Tischtennis, Kantenbälle und Noppen unterhielten. Karolin brachte das Wort „Noppen" jedoch nicht mit Tischtennis in Verbindung, sondern eher mit Kondomen.

Ein Mann aus Amerika, Karolin schätzte ihn auf Mitte dreißig, braune Haare mit einem 3 Tage Bart, saß direkt an der Bar, trank seinen Weinbrand mit Cola und unterhielt sich in englischer Sprache mit einem anderen Besucher über Bücher und Dänemark. Soweit sie es verstand, kam der Amerikaner aus Miami, seine Mutter aus Iowa und der Vater war Kanadier. Er selbst war zu einem

Forschungsprojekt in Hamburg schon am Samstag angereist und genoss das Wochenende hier mit seinen vielen
Sehenswürdigkeiten. Das alles hatte sie wahrgenommen, als sie an der Bar stand um einen Wodka O-Saft für
sich sowie einen Martini mit Eis für Detlef bestellte. Er
hatte inzwischen eine kuschelige Ecke neben der Bar für
sie beide gesucht, da sie den Drink hier trinken wollten.
Der Ober war ein sportlicher Typ, der seine Haare zu einem kleinen Zopf sauber zusammengebunden hatte.
Links und rechts über seinen Ohren war er kurz gescho-
ren. Er servierte ihnen die Getränke an den Tisch und es
gab sogar noch eine kleine Portion Chips mit scharfem
Dip auf Kosten des Hauses dazu. Der Ober erreichte sein
Ziel, wir mussten noch einen Drink bestellen, so scharf
und salzig war der Dip, dachte Karolin weiter.

Immer mehr Gäste verließen vor ihnen das Foyer und
nach dem zweiten Drink, es war dann ja schon halb zwei
Uhr morgens, fuhren sie und Detlef nach oben in ihr Hotelzimmer. Schließlich mussten und wollten sie gegen
9:00 Uhr das Hotel verlassen.

Allerdings nicht ohne vorher noch mal das Bett auf seine
Standfestigkeit zu testen. Nach ihrem wilden Treiben
schliefen sie völlig erschöpft und friedlich nebeneinander ein. Das Duschen verschoben auf den frühen Morgen.

Das plötzliche Klingeln ihres Telefons riss Karolin aus
ihren Gedanken. Erschrocken nahm sie den Hörer auf.

„Ja, bitte?", fragte sie den Anrufer.

„Hier ist Frau Sauer, ich sollte Sie informieren, dass Sie in fünf Minuten in der nächsten Besprechung sein wollten."

„Danke Frau Sauer, liegen die Unterlagen für die Besprechung bei Ihnen?"

„Ja, habe ich alle hier."

„Danke, ich komme gleich vorbei. Haben Sie die Reisekostenabrechnung auch schon fertiggemacht?"

„Ja, habe ich auch bei Ihren Unterlagen in die Unterschriftenmappe gelegt."

„Prima, dann kann ich die Aufstellung gleich vom Chef unterschreiben lassen", und beendete das Gespräch.

„Nach der Besprechung muss ich aber dringend mit Detlef telefonieren", dachte sie bei sich, „aber das Telefonat wird wohl länger dauern, nun ist die Zeit zu knapp." Sie stand auf, schaute noch mal in den länglichen Wandspiegel in ihrem Büro, zupfte ihr blaues Kleid zurecht und verlies mit einem leichten Lächeln ihr Büro.

Marvin legte eine perfekte Drift mit seinem Wagen hin. Jannes und Erik saßen daneben und gaben weitere Tipps. „Hier links fahren, dann sehen uns die Bullen nicht mehr!", befahl Erik und Jannes stotterte nur „schn-schneller, gib Gas, Marvin!"

Es war eine wilde Raserei und teilweise musste der Wagen über den Bordstein fahren, weil vor ihnen ein Hindernis auftauchte. Alles lief rasend schnell ab, Marvin gab noch mal richtig Gas, musste aber nach fünf Sekunden eine Vollbremsung hinlegen, da die Polizei sie eingekreist hatte. Es gab keinen Ausweg mehr. Die Polizisten stiegen mit den Pistolen im Anschlag aus ihren Wagen und gaben Anweisung, ihren umzingelten Wagen zu verlassen. Sie hatten verloren und der Gedanke, dass sie nun in den Knast wandern werden, ließ sie lautstark fluchen.

„Mist, wir waren so nah am Checkpoint", meinte Erik.

Jannes äußerte sich nicht und drückte die Entertaste am Computer, um das Spiel „NFS" erneut zu starten.

„Nicht nochmal, ohne mich, ich muss los, habe doch morgen die Fahrradtour mit Pauline zum Annaturm vor mir", erklärte Erik und stand auf.

„He, Erik, Du wärst jetzt aber dran", meinte Jannes Paulus.

Erik, Marvin und er sind in derselben Klasse und trafen sich am Nachmittag, um ein Referat zusammen zu erarbeiteten. Das Referat war schneller fertig, als sie dachten. Jeder konnte zu dem Thema „Warum Wale an den Küsten stranden?" etwas beitragen. So konnten sie anschließend noch mit der Playstation eine Runde zocken.

„Nee, keine Chance, ich muss doch noch nach Bredenbeck. Da brauche ich von Dir nun mal zwanzig Minuten und morgen wird auch anstrengend."

„Ach, sag man nix. Du willst doch nur Pauline flachlegen", meinte Jannes. Marvin und er mussten loslachen.

Erik lief rot an und verneinte die Aussage mit einem Kopfschütteln und schaute die beiden genervt an.

„Ach, keine Ausrede. Du bist doch schon lange scharf auf sie."

„Das stimmt schon, aber im Wald, ich weiß ja nicht. Ist doch überall dreckig und pieksig."

„Dann müsst Ihr es halt im Stehen tun!", und machte mit seinem Körper eine eindeutige Bewegung mit seinem Becken. Wieder Gelächter von den anderen beiden.

Erik wollte davon ablenken, indem er den Spieß umdrehte und seinerseits die beiden aushorchte: „Und warum ist bei Euch noch tote Hose? Was ist bei Dir mit Kristin los, Marvin oder bei Dir mit Merle?", und schaute Jannes strafend an. Marvin und Jannes fühlten sich ertappt.

„Ich hatte Kristin ja schon bei mir letztes Wochenende auf dem Sofa. Wir haben einen Softporno angeschaut.

Meine Eltern waren nicht da, KKT, alles da, aber mehr als Knutschen und Fummeln war nicht drin."

„KKT?", bohrte Jannes nach.

„Kerzen, Kondome und Taschentücher", erklärte Marvin ihm.

Erik schaute nun Jannes fragend an. Da dieser nicht gleich reagierte, sprach er ihn direkt an.

„Und du, Jannes, alles ideal bei Dir und Merle?"

Jannes drückste herum: „Naja, Merle weiß, glaube ich, noch nicht so richtig, dass ich scharf auf sie bin. Insofern nicht mal Knutschen", gestand Jannes.

„Aha", merkte Erik an und grinste in die Runde.

„Hör zu Erik", fing Marvin an, „wir schließen mal eine Wette ab. Wer als erster den Slip von einer der Mädels vorweisen kann, bekommt ein großartiges Menü bei irgendeiner Fastfood-Kette von den anderen beiden spendiert, okay?"

Er streckte seine Hand aus und erwartete, dass die anderen beiden ihre Hände ebenfalls drauflegten.

„Du hast außerdem einen Vorteil. Du triffst Pauline schon morgen zu einer Spritztour", und er musste unwillkürlich lachen.

„Jannes und ich haben erst am kommenden Wochenende Zeit zum Erforschen des weiblichen Körpers", drückte er sich wie ein Professor aus und schaute dabei über seine Nickelbrille hinweg.

Erik und Jannes legten ihre Hände auf Marvin und alle drei spuckten symbolisch darauf. Damit war der Deal besiegelt.

Anschließend lösten sie die Runde auf. Erik fuhr mit seinem Rad nach Bredenbeck, Jannes nach Lemmie. Erik hatte auch schon eine Idee, wie er die Wette gewinnen konnte.

Er ahnte nicht, dass diese Fahrradtour ein unvergesslicher Tag für Pauline und ihn bringen würde.

Kap. 18: Montag, 04.09.2017, 13:04 Uhr

Das Telefon klingelt bei Juliane am Arbeitsplatz in der Leichenhalle. Sie war gerade mit Jens dabei, das gefundene Haar noch mal zu analysieren und war fast fertig.

„Gerichtsmedizinerin Moder am Apparat, wie kann ich helfen?", meldete sie sich formell.

„Hauptkommissar Schaft, hallo Juliane, ich wollte fragen, ob die weitere Analyse des Haares noch etwas gezeigt hat."

„Mahlzeit Edmund, in der Tat, ja. Die Analyse hat gezeigt, dass der oder die Person zu dem dieses Haar gehört, regelmäßig Antibiotika oder Schmerzmittel genommen haben muss, mindestens ein Jahr lang. Es gibt Ablagerungen im Haar davon. Des Weiteren sind Spuren vom regelmäßigen Färben oder Tönen vorhanden. Also wenn Du mich fragst, gehört dieses Haar zu neunundneunzig Prozent einer Frau."

„Na, das ist ja schon wieder ein kleiner Erfolg. Danke Juliane, halte mich bitte auf dem Laufenden, wenn Du noch etwas entdeckst. Bis dann Juliane."

„Alles klar," verabschiedete sich Juliane, als Edmund noch etwas einfiel.

„Halt, eins habe ich doch noch. Heute Nachmittag kurz nach fünfzehn Uhr kommt der Ehemann, um die Leiche zu identifizieren. Das Opfer ist übrigens Mareike Mende, Achim Bär konnte es mittels der Blutanalyse checken. Bis Du dann vor Ort?"

„Ja, bin ich, habe noch eine Untersuchung einer 92-jäh-rigen Dame mit Herzschrittmacher. Ich soll bestätigen, dass sie eines natürlichen Todes gestorben ist. Nur, wenn ihr später als 17:00 Uhr hierherkommt, möchte ich es vorher wissen, sollte also funktionieren. Kommst Du auch mit?"

„Nein, ich schicke Dir Andrea und Heinrich rüber. Sie haben dem Ehemann, Detlef Mende, heute die traurige Nachricht übermittelt."

„Okay, alles klar, bis demnächst mal wieder", sagte Ju-liane und dachte an das Gespräch zwischen ihr und An-drea in Bezug auf Jens. Sie hoffte, dass es keinen Streit gibt, denn Jens ist dann ja auch noch anwesend.

„Einen schönen Tag noch Juliane", beendete Edmund das Gespräch und wählte als Nächstes die Handy-Num-mer von Achim Bär.

„Hallo Edmund, wie geht's voran?", erkundigte er sich.

„Gut, die Mosaiksteine werden mehr, teilweise passen welche auch zusammen. Können wir uns heute ab zwei Uhr in meinem Büro treffen? Ich würde gern die Recher-che über die Autoreifen mit Dir zusammen machen."

„Ja, kein Problem, bin gleich da. Im Übrigen habe ich die letzte Handy-Ortung bekommen. Sie war in Sarstedt, ziemlich in der Nähe der Wohnung, danach wurde es bis jetzt nicht wieder angeschaltet. Wir sind auf der Lauer und warten ab. In Wennigsen selbst haben wir die Hand-tasche oder das Handy nicht gefunden. Somit könnte es der oder die Täter noch in ihrem Besitz haben."

„Das hilft uns zwar nicht viel weiter, aber ist noch ein Hoffnungsschimmer. Also, wir sehen uns gleich und quälen dann mal unseren Supercomputer."

Jetzt hatte er noch gut eine halbe Stunde Zeit und studierte die E-Mails in seinem Posteingang mit den Anregungen und Hinweisen zu Hennis Verabschiedung. Es waren einige brauchbare Tipps darunter, andere waren schlichtweg zu teuer für die Umsetzung. Der beste Hinweis kam von Juliane, empfand er jedenfalls. Er stellte eine Liste mit den Hinweisen für die morgige Besprechung zusammen und sendete eine E-Mail an alle, die in dem Fall „Mareike" beauftragt waren.

Kurz danach erschien schon Achim in seinem Büro. Sie setzten sich beide an einen Computer und schauten auf die Anzahl der angemeldeten Ford Mustang in Hannover und Landkreis an.

Erstaunt und zweifelnd befragte Edmund seinen Kollegen: „Ist das richtig? Achtundneunzig Fahrzeuge ist eine Menge, wie sollen wir die alle überprüfen?"

„Nun ja, vielleicht sollten wir die Suche auf den südlichen Teil von Hannover und die Landkreise dazu im Umkreis von fünfundzwanzig Kilometern einschränken? Mach das doch mal bitte!"

Edmund tippte wie wild auf der Tastatur herum. Nun war die Liste deutlich kleiner und er druckte sie aus. Ein paar Sekunden später schauten beide auf den Ausdruck mit den Kennzeichen und Adressen sowie die Telefonnummern aller vierzehn Besitzer.

„Tja, das könnte passen. Hast Du noch eine andere Idee, Achim?"

„Hm, wie wäre es mit den Überwachungsvideos der Tankstellen in Wennigsen und Umgebung? Laut der Liste sind ja auch Besitzer aus Arnum, Pattensen, Wennigsen, Springe sowie Gehrden dabei."

„Das ist eine prima Idee, da setze ich gleich mal Andre und Michael aus Wennigsen darauf an."

Er stand vom Schreibtisch auf, verließ sein Büro und winkte Michael Reiking, der am Ende des Großraumbüros mit Andre in der Küche stand und eine Kaffeepause machte.

Eilends kamen die beiden heran und machten sich anschließend sofort auf den Weg, nachdem Edmund ihnen die Thematik mit den Tankstellenvideos erläuterte.

Die gedruckte Liste überreichte er Heinrich, der im Nebenzimmer auf Herrn Mende wartete und nebenbei einen anderen Fall mit Fahrraddiebstahl am Bahnhof Lemmie bearbeitete.

„Heinrich, bitte mal alle Adressen anfahren und die Reifen überprüfen, die Sonderedition ist bestimmt nicht an jedem Wagen installiert."

„Ja, machen wir. Aber erst nachdem Herr Mende hier war, also ungefähr ab vier Uhr."

„Nein, bitte gleich! Ich übernehme dann Herrn Mende. Somit könntest Du mit Andrea vielleicht den Großteil der Fahrzeuge schon heute sichten und überprüfen."

„Wir versuchen es", meinte Heinrich. „Wenn nicht, teilen wir die Liste mit Michael und Andre zur Hälfte auf."

„Dann ruf Andre gleich an! Die beiden besorgen sich gerade die Tankstellenvideos in der Wennigser Gegend."

„Okay, Chef", sagte Heinrich schmunzelnd, denn nun wusste er, dass Andrea und er heute noch länger zusammen im Dienstwagen herumfahren mussten. Er wollte sich mehr oder weniger für sein vorheriges Verhalten entschuldigen.

Edmund ging wieder zurück in sein Büro.

„Achim, für heute sind wir hier erst mal durch, sehen uns morgen halb neun."

„Okay, bis morgen", verabschiedete sich Achim und verließ das Büro.

Nun brauchte Edmund erstmal einen Kaffee und besuchte Henni im Archiv. Vielleicht konnte er ja erfahren, was sie nach ihrer Verabschiedung in ihrer Freizeit tun wollte, um ein passendes Geschenk zu organisieren. Eventuell war ja schon etwas auf der Liste für morgen dabei.

Kap. 19: Montag, 04.09.2017, 15:15 Uhr

Die Stunde der Wahrheit oder Wiedersehen ohne Freude, kam es Detlef Mende in den Sinn, als er mit dicker Jacke und Schal an der Eingangstür zur Leichenhalle stand. Edmund Schaft musste nun doch mit ihm hierher, weil ja seine Kollegen in anderen Missionen unterwegs waren.

Er meldete sich bei Juliane per Telefon an. Drei Minuten später erschien sie, öffnete die Tür, nachdem sie von innen durch die kleine Sichtscheibe schaute, um zu prüfen, wer davorstand.

„Hallo Edmund, ich habe nicht mit Dir gerechnet, aber schön Dich zu sehen", begrüßte sie ihn freundlich, öffnete die Tür nur einen Spalt und trat aus dem Flur heraus.

Edmund stellte die beiden einander vor.

„Juliane, das ist Herr Mende, Herr Mende, das ist Frau Moder von der Gerichtsmedizin."

„Mein herzlichstes Beileid Herr Mende zu diesem tragischen Verlust."

„Danke", antwortete Detlef traurig und nickte ihr zu.

„Bevor wir hineingehen, gebe ich ihnen noch etwas von dieser Salbe, sie duftet stark nach Minze und überduftet den, na sagen wir mal, den strengen Geruch der Halle." Sie hielt ihm eine kleine Tube hin. „Bitte unter der Nase ein wenig verstreichen. Hier die zweite für Dich Edmund."

Synchron bedankten sich beide und taten, wie ihnen gesagt wurde. Danach öffnete sie die Tür und sie gingen hinein. Es ging durch einen Flur ohne Bilder an den Wänden, weiße Wände und billigen, grauen PVC, alles sah sehr steril aus. Nur die Reifenspuren der Tragen mit den Leichen waren auf dem Fußboden zu sehen. Nach ca. zwanzig Metern standen sie vor der eigentlichen Leichenhalle. Rechts neben der Tür waren vier große Fensterscheiben und ein Lautsprecher war oberhalb angebracht, wohl als Schaufenster gedacht während einer Obduktion für Polizisten, die keine fünf Minuten neben dem Seziertisch stehen konnten. Ein Handtuchspender, ein Mülleimer, kleine Getränkeflaschen zum Nachspülen und ein Waschbecken standen für alle Fälle auch bereit.

Die drei gingen nun hinein in einen großen Saal. Detlef war den Tränen nah, konnte sich jedoch noch beherrschen. Da der Geruch der Halle nach altem, kaltem Blut und Knochenstaub nun doch seine Nase erreichte, unterdrückte er das aufkommende Würgegefühl. Es roch wie damals, als er noch Kind war und seine Mutter ihn in die benachbarte Schlachterei schickte, um frisches Mett und Rotwurst für seinen Vater zu holen. „Ekelig!", dachte er bei sich und verscheuchte die Gedanken, in dem er durch den großen Raum schaute. In der linken Ecke stand ein Tisch aus Metall und die Kontur einer Frau war darunter zu sehen. „Ist das Mareike?", vermutete er still. Direkt am Nebentisch stand ein weiterer junger Mitarbeiter und machte sich Notizen auf seinem Schreibblock. Er blickte nur kurz in die Richtung der neuen Ankömmlinge.

Sie steuerten nun auf die Kühlkammern an der rechten Seite zu. Sechzehn Fächer, zweimal acht als Rechteck in die Wand eingelassen. Juliane öffnete das Fach mit der Nummer ‚15‘.

So ein Zufall, kam es Detlef in den Sinn und erinnerte sich an Mareikes letzten Geburtstag. Damals waren sie beide zu einer Führung im Schloss Marienburg und anschließend zum Essen beim Italiener in Pattensen. Mareike liebte dort die Pizza Diavolo mit extra viel Peperoni. Ihre Wangen wurden schon nach dem zweiten Bissen leicht rot und teilweise tränten ihre Augen, so scharf konnte sie essen. Er hat damals eine Calzone gegessen, erinnerte sich Detlef.

„Herr Mende, sind sie bereit, es ist kein schöner Anblick", holte ihn Juliane in die Gegenwart zurück.

„Oh, Entschuldigung. Ich war gerade mit den Gedanken bei etwas Anderem", obwohl es ja auch um Mareike ging. Da Edmund wusste, was ihn erwartete, hielt er vorsichtshalber eine Plastiktüte für Herrn Mende bereit.

Juliane fasste vorsichtig das Leinentuch links und rechts an und zog es langsam zurück. Mareike Gesicht oder das was noch übrig war, wurde freigegeben.

Mit weit aufgerissenen Augen starrte Detlef sie an, hielt sich den Mund zu, nickte und wendete sich entsetzt ab. Ihn überkam ein weiteres Würgegefühl, aber er riss sich zusammen. Edmund erkundigte sich noch mal und hielt ihm die Tüte hin: „Ist das Ihre Frau, Herr Mende?"

„Ja, ich habe sie an ihrem Tattoo am Arm erkannt, am Gesicht hätte ich es nicht mit Gewissheit sagen können."

Juliane und Edmund schauten sich nun auch das Tattoo an. Es war eine kleine Elfe mit Flügeln sitzend auf einer Feder in zarten Farben rosa und Cyan an ihrem linken Arm. Jens hatte es auch schon fotografiert, aber nun nahm es Juliane genauer wahr und dachte: „Nun ist die kleine Elfe tot."

Sie deckte Mareike mit dem Leinentuch wieder zu, schob den Leichnam in die Kühlkammer zurück und drehte sich wieder zu den beiden herum.

„Tut mir leid, Herr Mende, aber nun ist es vorbei. Kommen Sie, wir verlassen diesen Raum und können uns draußen um die Modalitäten kümmern", ermutigte ihn Edmund.

Sie gingen alle wieder durch den Flur zurück nach draußen. Detlef brauchte die Tüte jedoch nicht, er war selbst über sich erstaunt.

Draußen angekommen stellte er Juliane die Frage: „Wer tut denn so was?"

„Eine gute Frage. Ich gehe davon aus, dass die Verstümmelung von einem oder mehreren Wildschweinen stammt, es gibt unterschiedliche Bisswunden, große und kleine. Der Tod trat deutlich früher ein, aber das kann Ihnen Herr Schaft alles erklären. Die Obduktion ist jedenfalls abgeschlossen und aus meiner Sicht können Sie die Beerdigung nun veranlassen", erklärte Juliane. Edmund ergänzte: „Ja, das ist richtig, aber das Thema sollten wir beide in meinem Büro weiter besprechen."

„Okay, können wir nun bitte hier wegfahren, vielen Dank Frau Moder", bedankte sich Detlef mit einer Träne im Auge, sodass ihre Konturen unklar wurden. Nun konnte er nicht mehr, zog sich ein Taschentuch heraus, hielt es vor sein Gesicht und wischte weitere Tränen hinweg. Edmund und Juliane warteten geduldig eine weitere Minute bis Detlef sich wieder gefasst hatte. Ohne ein weiteres Wort von Detlef zu Juliane verabschiedeten sich alle durch ein leichtes Kopfnicken. Nur Juliane sagte zu beiden: „Auf Wiedersehen."

Edmund und Detlef fuhren ohne Umweg zurück ins Büro. Während dieser Fahrt von der Medizinischen Hochschule Hannover nach Ronnenberg sprachen sie kaum ein Wort, denn Edmund wollte Herrn Mende nicht aus seiner Gedankenwelt reißen. Er konnte es von der Seite sehen, wie gradlinig er über das Armaturenbrett nach draußen blickte. Nur beim Vorbeifahren am Supermarkt schaute Detlef länger auf ein Pärchen, was gerade ihren Einkauf in den Wagen verstaute. Edmund konnte ahnen, was Herr Mende dachte. Gemeinsam Einkaufen mit seiner Frau war ab jetzt nicht mehr möglich.

Nach weiteren drei Minuten Fahrt waren beide wieder in der Zentrale in Ronnenberg und gingen in Edmunds Büro. Er bot Herrn Mende vor seinem Schreibtisch Platz an. Detlef setzte sich auf einen der gepolsterten Besucherstühle.

„Möchten Sie einen Kaffee, Tee oder etwas Anderes haben?"

„Gern einen Kaffee, in der Halle war es doch sehr kalt."

„Einen Moment Geduld, bitte!", bat Edmund und gab Henni, die gerade im Nebenraum am Kopierer stand einen Hinweis, den sie sofort erkannte.

„Kommt gleich! Wir können ja schon mal die Unterlagen durchgehen, die Sie benötigen."

„Ja, okay."

Kurze Zeit später erschien Henni mit einer ganzen Kanne voll herrlich duftendem Kaffee, zwei Tassen, Milch und Zucker auf einem Tablett, stellte es auf den kleinen Nebentisch neben der Sitzgruppe und verließ den Raum mit einem freundlichem „Bitte schön."

Edmund bedankte sich ebenfalls bei Henni, stand auf, um Herrn Mende den Kaffee zu bringen.

„Wie möchten Sie Ihren Kaffee, Herr Mende?"

„Schwarz, Zucker nehme ich mir, danke."

Edmund füllte sich auch eine Tasse ein, setzte sich wieder an seinen Tisch und erklärte Detlef nun die Modalitäten für die Überstellung der Leiche an ein Beerdigungsinstitut.

„Haben Sie schon ein Beerdigungsinstitut, das wir kontaktieren können?"

„Nein, noch nicht, muss ich mich erst schlau machen und werde mich dann melden."

„Brauchen Sie nicht, sie bekommen gleich die Unterlagen mit, an wen sich das Beerdigungsinstitut wenden muss. Und glauben Sie mir, die machen das leider nicht zum ersten Mal."

„Dann ist es ja für mich auch leichter", bemerkte Detlef.

Er muss mehr oder weniger alles allein machen, denn Verwandtschaft ist kaum noch da und er hoffte, dass Karolin ihn unterstützen würde.

„Eine Frage noch Herr Mende. Ist Ihre Frau vielleicht zu einer Freundin oder zur Verwandtschaft gefahren?"

„Verwandtschaft von Mareike ist nicht mehr da, aber jetzt, wo sie es sagen, fällt mir Renate wieder ein."

„Renate?" erkundigte sich Edmund.

„Renate Rubel, eine frühere Freundin von Mareike, seit unserer Hochzeit haben sie sich mehrere Jahre nicht mehr gesehen. Ich meine, sie wohnt in Pattensen, Bruchweg 20. Wir waren vor unserer Hochzeit zwei- bis dreimal Mal dort zum Kaffeetrinken und zum vierzigsten Geburtstag von ihr."

Da fiel ihm wieder ein, was er im Streit zu Mareike gesagt hatte und er beschloss nachher mal bei Renate anzurufen, um ihr die Nachricht vom Tod ihrer Freundin zu berichten.

Edmund schrieb den Namen auf einen kleinen Zettel und verabschiedetet dann Detlef Mende mit den Worten: „Sobald wir was Neues erfahren, gebe ich Ihnen Bescheid. Und ich bin zuversichtlich, den Mörder von Mareike zu verhaften."

„Danke Herr Hauptkommissar."

Detlef drehte sich um und verließ das Büro. Auf der Fahrt zurück nach Sarstedt kamen ihm immer wieder die hässlichen Bilder von Mareike in den Sinn, aber er versuchte diese zu verdrängen und ersetzte sie mit den schönen Erinnerungen an den letzten Geburtstag von Mareike.

Kap. 20: Montag, 04.09.17, 21:25 Uhr

Heinrich saß auf dem Beifahrersitz des Dienstwagens und schaute nebenbei auf die Liste der Mustang – Besitzer, während Andrea den Wagen wieder in Richtung Ronnenberg steuerte. Sie befanden sich gerade auf der B217 in Holtensen und hatten den letzten Mustang überprüft, den sie auf ihrer Liste hatten. Die Liste hatten sie mit den beiden Kollegen aus Wennigsen geteilt. Bis auf einen Wagen konnten sie alle überprüfen. Keiner der Mustang-Besitzer hatte die Sonderedition auf seinem Wagen installiert. Vielleicht haben ja Andre und Michael mehr Erfolg gehabt, dachte Heinrich.

„Andrea", fing Heinrich schüchtern an sie anzusprechen, „ich möchte mich für mein Verhalten heute Morgen entschuldigen. Und ja, ich war sauer, weil", er stockte, „weil ich Dich als Kollegin sehr schätze."

Doch Andrea erwiderte: „Nein, Heinrich, das ist nicht der Grund. So wie ich es sehe, bist Du in mich vernarrt. Sei ehrlich, stimmt doch, oder?"

„Ja, Du hast Recht, ich mag Dich wirklich", gab Heinrich nun zu. „Aber ich dachte, Dir geht es ähnlich. Schließlich fahren wir schon eine ganze Zeit zusammen auf Streife, haben uns gut ergänzt und auch wenn es um private Dinge ging, haben wir offen darüber gesprochen."

Andrea antwortete: „Das eine sind dienstliche Dinge, ja, da passen wir gut zusammen, aber privat möchte ich mich noch nicht festlegen."

Doch in ihrem Kopf kam nun Jens vor ihr geistiges Auge und ihre Mundwinkel fingen an leicht zu lächeln, denn sie spürte, dass da mehr war, als sie bereit war zuzugeben, erst recht nicht zu diesem Zeitpunkt an Heinrich. Sie beschloss sich mit Jens zu treffen, denn so konnte es nicht weitergehen. Sie war für klare Verhältnisse und hoffte, Jens kann eins werden, ein festes.

„Aha, das klingt für mich, wie eine Abfuhr. Ist es das?", konterte er nun.

„Nein!", log sie, „Sei mir nicht böse, aber nach dem heutigen Tag bin ich etwas durch den Wind."

Sie setzte den Blinker nach links, denn sie waren kurz vor der Zentrale in Ronnenberg, sie fuhr nun etwas schneller, um der Befragung von Heinrich zu entkommen. Aber Heinrich merkte ihr an, dass sie von etwas oder jemand anderem durcheinander war. Er beließ es dabei, hatte jetzt eh keinen Sinn mehr zu bohren, er wollte es sich mit Andrea nicht ganz verscherzen, dafür mochte und schätzte er sie zu sehr. Insgeheim hoffte er, dass dieser Jens bei Andrea voll auf die Nase fällt.

Nachdem sie den Wagen vor der Zentrale geparkt hatte, stiegen sie aus und Andrea fragte ihn nun dienstlich und fast schon förmlich: „Wollen wir die Ergebnisse von heute noch Edmund vortragen?"

„Nur, wenn er noch da ist. Aber ich nehme an, er ist heute wieder beim Oberbürgermeister. Sonst morgen in der Besprechung. Soll ich die Ergebnisse kurz vortragen?"

„Ja, kannst Du machen, ist ja eh nicht viel dabei herum-
gekommen", meinte Andrea.

„Ich bin gespannt, was die anderen beiden herausgefunden haben. Ihr Dienstwagen ist noch nicht zurück."

„Soll ich Dir was sagen? Ich kann es kaum erwarten, den
Mörder zu verhaften", enthüllte Andrea ihm selbstbewusst.

„Das kann ich mir denken", stimmte Heinrich ihr zu und
lachte dabei, „Du denkst wieder nur an Deine Karriere,
nicht wahr?"

„Und wie ich das tue", und sie grinste Heinrich dazu
breit an. Er zog die Mundwinkel leicht nach oben und
war froh, sie lächeln zu sehen. „Vielleicht wird es ja
doch noch etwas aus uns beiden", behielt aber den Gedanken für sich.

Da Edmund in der Tat nicht mehr anwesend war, scannte
er die Liste ein und sandte das Dokument an Edmunds
Projektordner „Mareike" mit folgendem Inhalt:

*Leider konnte eine Mustang-Überprüfung bei einem
Fahrzeug nicht stattfinden. Der Wagen kommt aus Arnum. Der Besitzer ist ein gewisser Darius Meier. Sein
Wagen war nicht in der Straße zu sehen. Herr Meier be-
wohnt eine Wohnung im dritten Stockwerk eines Hoch-
hauses und es gab keine Garagen, nur Parkplätze vor
dem Haus. Es öffnete auch niemand als wir dort klingelten.*

Beim anschließenden Telefonat bei Herrn Meier meldete sich nur der Anrufbeantworter. Ich habe keine Nachricht hinterlassen.

Nachdem Heinrich den Bericht erfasst hatte, ging er in die Küche, holte sich eine Wasserflasche und ging zurück an seinen Arbeitsplatz. Er wollte noch ein paar andere Bagatellfälle ansehen und wenigstens versuchen einige davon abzuschließen.

Kap. 21: Dienstag, 05.09.17, 08:30 Uhr

Die Ersten heute Morgen im Besprechungsraum von Edmund Schaft waren Andre und Michael. Der Hauptkommissar war noch nicht da, aber sie setzten sich schon mal vor die Magnetwand, wo die Bilder von Mareike und Detlef als Portraitaufnahmen angepinnt waren. Die Tatsache, dass Detlef und sie sich gestritten hatten, brachte ihn als Tatverdächtigten auch an diese Wand.

Michael Reiking betrachtete seine Aufzeichnungen und Erkenntnisse auf seinem Notizblock, um sie in der Besprechung richtig vorzutragen. So nach und nach kamen auch die anderen Kommissare Andrea, Heinrich, Achim Bär und ganz zum Schluss auch Edmund eilends herbei.

„Moin Männer", begrüßte er alle, ohne in die Runde zu schauen. Als er sich zum Besprechungstisch umdrehte, stand Andrea mit den Worten: „Ach heute eine reine Männerrunde?", von ihrem Platz auf.

„Entschuldige Andrea, war ganz in Gedanken. Kaffee hatte ich auch noch nicht. Setzt Dich bitte wieder hin! Ich möchte auf Deine Spürnase in diesem Fall nicht verzichten."

„Soll ich Dir einen Kaffee holen?" fragte ihn Achim, „Ich brauche auch noch einen, bin schon seit vier Uhr auf den Beinen. Es gab einen Einbruch in einem Baumarkt. Es fehlen ein paar Säcke Rindenmulch, besser gesagt, ganze zwei Paletten."

Kaum hatte er zu Ende gesprochen, erschien Henni mit einem Tablett mit Kaffeebechern und zwei Kannen frisch aufgebrühtem Kaffee.

„Guten Morgen, Ihr Kaffeesüchtigen, habe da mal etwas vorbereitet", und grinste in die Runde.

„Guten Morgen Frau Steger", riefen ihr alle brav zu, als wären sie wieder in der ersten Klasse und begrüßten ihre neue Lehrerin.

Henni lächelte zurück und erklärte: „Milch und Zucker stehen schon auf dem Tisch."

Danach verließ sie das Büro und zog die Tür ins Schloss. Edmund schaute ihr nach und streckte den Daumen hoch als Zeichen seiner Dankbarkeit. Aber er erkannte, als sie sich kurz umdrehte, dass sie zwar lächelte, aber auch glasige Augen hatte. „Tja", folgerte Edmund, „wenn man kurz vor dem Abschied steht, kann es auch mal Tränen geben."

„Edmund, wollen wir nun anfangen?" erkundigte sich sein Freund Heinrich.

Edmund drehte sich zu den wartenden Mitstreitern um. „Entschuldigung, war in Gedanken, nun aber los. Was habt Ihr Neues im Fall Mareike? Heinrich, Du fängst bitte an!"

„Okay. Andrea und ich waren gestern bei Herrn Mende. Es schien ihn zwar mitgenommen zu haben, dass seine Frau ermordet wurde, aber da er sich ja angeblich in

Hamburg mit Frau Reiser vergnügt hatte, war es wohl nicht so schlimm für ihn."

„Die Angaben stimmen", mischte sich Andre.

„Darf ich bitte erst weitermachen? Danke!", ermahnte Heinrich Andre, der kommentarlos nickte und verlegen einen Schluck Kaffee trank.

„Laut seiner Aussage im Vermisstenprotokoll und der Befragung konnten wir keine Unstimmigkeiten entdecken. Es könnte aber sein, dass die beiden, Frau Reiser und er, gemeinsam etwas damit zu tun haben oder hatten."

Nun hob Michael den Finger und schaute Edmund an. Dieser nickte ihm zu und fragte: „Okay Michael, was gibt es dazu?"

„Wir haben dazu herausgefunden, dass die Reise nach Hamburg tatsächlich stattgefunden hat. Rechnungen vom Hotel, Theaterkarten und der Anruf beim Hotel haben bestätigt, dass beide während der gesamten Zeit dort eingecheckt waren und das Hotel am Samstag gegen neun Uhr verlassen haben."

„Somit scheint das Alibi hieb- und stichfest zu sein," mutmaßte Heinrich.

„Es ist stichfest, da die beiden zur Tatzeit im Theater waren", mischte sich Michael erneut scharf ein.

Edmund ging nun seinerseits dazwischen und versuchte zu schlichten. „Bitte, bitte wieder runterkommen. Ich bin ehrlich gesagt auch davon überzeugt, dass die beiden in

Hamburg waren, wenn man sich die Fakten und Beweise ansieht. Aber wir haben ja sicherlich noch mehr. Andre, was habt Ihr noch herausgefunden?"

Andre musste noch schnell den Kaffee herunterschlucken, denn er war nun überrascht, dass er weitermachen sollte.

„Eh, ja, die Befragung bei Frau Reiser ist ohne jeden Zweifel abgelaufen. Keine Widersprüche, alles konnte belegt werden, sie hat uns freiwillig die Unterlagen angeboten."

Heinrich rollte mit den Augen und erwiderte ein wenig erbost: „Aber das wissen wir doch jetzt schon, was gibt's sonst noch?"

„Wir haben uns die Tankstellenvideos aus dem Wennigser Umkreis im Schnelldurchlauf angesehen. Hat bis halb zwei heute Nacht gedauert, aber wir haben eventuell etwas entdeckt. An der Tankstelle in Weetzen hat ein gelber oder orangenfarbener Ford Mustang getankt. Kennzeichen H-DX 42. Der Halter ist ein gewisser Meier." Er übergab das Wort an seinen Kollegen weiter.

„Der Halter ist ein gewisser Darius Meier, wohnhaft in Arnum, Pattenser Feldweg 30", las Michael von seinem Notizblock ab.

„Wie bitte, sag den Namen noch mal, das kann doch nicht wahr sein", forderte Heinrich seinen Kollegen Michael auf.

„DARIUS MEIER", wiederholte Michael ganz langsam.

„Das ist genau der Besitzer des Ford Mustang, den wir noch nicht überprüfen konnten. Alle anderen scheiden aus, weil die Reifen nicht passen. Jetzt haben wir einen richtigen Verdächtigen", folgerte Heinrich und bekam ein Grinsen auf seinem Gesicht. „Jetzt fehlte nur noch der Heiligenschein", dachte Andrea und musste schmunzeln.

„Das könnte passen. Zu welcher Zeit hat er dort getankt?", wollte Edmund nun wissen.

„Moment, 1:33 Uhr am Freitagmorgen, also ca. drei bis vier Stunden nach der Tat."

„Hm, das passt mehr als alles andere."

Edmund überlegte und kam zu folgendem Schluss: „Okay, Fahndung raus, Handy orten, Überwachung der Wohnung durch Andrea und Heinrich. Michael und Andre, Ihr beide überprüft mal eine gewisse Renate Rubel, wohnhaft in Pattensen! Adresse ist im Ordner gespeichert. Soll eine Freundin von Mareike gewesen sein."

Aufgeregt blätterte Michael in seinem Notizbuch. „Den Namen Renate haben wir auch schon von Frau Reiser gehört, allerdings keinen Nachnamen. Und sie machte so eine Andeutung, dass Mareike mit Renate mehrere Jahre zusammengelebt hatte. Das könnte auch passen. Was meinst Du Edmund?"

„Ja, könnte, bitte trotzdem genauestens überprüfen! Sonst haben wir die nächste falsche Meldung in der Zeitung."

Edmund hob die Zeitung hoch, sodass jeder die dicke Überschrift und Bilder sehen konnte.

„Mord im Deister, Ehefrau aus Sarstedt tot aufgefunden".

„Wir hatten zwar gestern eine Pressekonferenz, aber die Bilder musste sich der Schreiber selbst organisiert haben. Ich bin ein bisschen sauer, weil dort nur Behauptungen stehen, also lasst uns unsere Arbeit richtig tun und den Täter hinter Gitter bringen, dann stimmen auch die Überschriften!", ermutigte Edmund seine Kollegen und legte die Zeitung auf seinen Schreibtisch.

„So, nun noch eine Sache außerhalb des Protokolls. Ich habe alle Vorschläge oder Hinweise zu Hennis Verabschiedung gesichtet und sie selbst auch befragt. Wir brauchen einen Gutschein vom Reisebüro, ein Buch von Neuseeland und wir machen noch schnell ein Bilderbuch mit allen Mitarbeitern aus dieser Ronnenberger Polizeidienststelle. Am Tag der Verabschiedung brauchen wir dann noch einen Blumenstrauß, den besorge ich. Für den Rest stimmt euch bitte selbst ab, da halte ich mich ein bisschen raus. Ach ja, es wird auch der Dezernatsleiter aus Hannover dabei sein, also putzt Eure Schuhe! Ihr wisst, was und wie ich es meine, alles klar?"

Andrea und Heinrich sagten „Ja." Der Rest nickte zustimmend Edmund zu.

„So, nun aber los, wir müssen einen Mörder hinter Gitter bringen. Und so wie es sich entwickelt, wird es uns auch gelingen", machte Edmund allen neuen Mut.

Kap. 22: Dienstag, 05.09.2017, 09:22 Uhr

Renate lag wach in ihrem Bett und schaute hinweg über ihre Füße an die gegenüberliegende Wand auf das Bild, welches Mareike so sehr ähnelte.

„Wenigstens ist mir dieses Bild geblieben und keiner kann es mir jemals wegnehmen", kam es ihr in den Sinn.

Sie konnte es immer noch nicht fassen, dass sie ihre beste Freundin Mareike umgebracht hatte, ohne es mitbekommen zu haben. „Irgendetwas stimmt nicht mit mir und ich muss unbedingt zum Arzt!", befahl Renate sich selbst und fing an zu weinen. Nicht das erste Mal seit Freitag, nachdem Darius sie aus dem Wald nach Hause gefahren hatte. Er kam noch kurz mit hinein, um zu prüfen, ob sie etwas vergessen hatten.

Die Handtasche mit dem Handy und der Geldbörse verstaute sie damals im Schlafzimmerschrank, ohne rein zu schauen. Bevor Darius nach Hause fuhr, umarmten sie sich und begannen beide zu weinen, denn nun lagen bei ihnen die Nerven blank. Darius versucht Renate zu trösten, aber es dauerte einige Zeit, bis Renate die Umarmung löste.

Beide versprachen sich gegenseitig, keinem davon zu erzählen und Darius fuhr gegen viertel vor eins nach Hause.

Renate schloss ihre Augen und erinnerte sich an die schöne Zeit mit Mareike. Die mehr als fünf Jahre mit ihr als weibliches Paar waren einfach schön und harmonisch. Jeder ging seiner Arbeit nach und abends vergnügten sie sich etliche Male in der Badewanne mit Kerzenschein und Wein. Ihre Brustwarzen ragten meist aus dem Schaum heraus und stimulierten ihre Gefühle füreinander. Renate liebte es, wenn Mareike sie mit ihren Füßen sanft zwischen ihren Schenkel streichelte oder einen wasserdichten Vibrator benutzte. Nach dem Duschen nahmen sie immer eine Kerze mit ins Schlafzimmer und vergnügten sich dort weiter.

Renate spürte, wie sie jetzt schweren Herzens einmal tief ein- und ausatmete. Sogleich erschien vor ihrem geistigen Auge das Bild von der blutverschmierten Hand, die Renate fest umklammerte als sie noch warm war. Sie schüttelte den Gedanken wieder weg und erinnerte sich lieber an die Dinge, die mit Mareike schön waren.

Häufig waren wir beim Italiener in Pattensen und durch Mareikes Arbeit im Zoo, konnte sie günstig Jahreskarten für beide kaufen. Mareike hatte dort die Aufgabe, den Seehunden neue Kunststücke beizubringen. Somit verbrachten sie beide zusammen viel Zeit bei den Tieren.

So manchen Abend tanzten sie auch bei Darius in der Disco, empfanden es immer super, wenn Darius mit ihnen tanzte. Jedoch erinnerte sie sich auch an ihre immer wieder auftretenden Kopfschmerzen in der Disco.

Dann kam das Aus. Mareike hatte eine neue Stelle in Göttingen angenommen und nach zwei Monaten eine neue Freundin. Da war sie schon sehr wütend auf Mareike. Nach zehn Jahren ist Mareike nach Sarstedt gezogen und auf Renates Initiative trafen sie sich wieder häufiger. Dann war die Hochzeit mit Detlef und wieder war sie traurig und enttäuscht.

„War das der Grund, warum ich sie in blinder Wut getötet habe?", dachte Renate beängstigend.

Nun wollte sie aber nicht mehr daran denken, denn sie verspürte wieder ein leichtes Ziehen an ihren Schläfen. Sie stieg aus dem Bett, kurbelte die Jalousien hoch und öffnete das Fenster zum Lüften. Nach der Morgentoilette ging sie in die Küche und kochte sich einen Pfefferminztee. Zuvor ging sie zum Briefkasten, zog die zusammengerollte Zeitung aus dem Zeitungsrohr und ging in die Küche zurück.

Sie steckte ein Toastbrot in den Toaster und nahm sich das Glas Erdbeermarmelade aus dem Kühlschrank. Nachdem alles für ein kleines Frühstück auf dem Tisch gestellt war, setzte sie sich und schlug die Zeitung, die immer noch als Rolle auf dem Tisch lag, auf. Sie erschrak und riss die Augen weit auf, als sie in die grünen Augen von Mareike blickte.

Daneben das Bild von Detlef. Die Überschrift war riesig: *„Mord im Deister, Ehefrau aus Sarstedt tot aufgefunden"*.

Renate wurde übel, sie musste sich am Tisch festhalten, um nicht in Ohnmacht zu fallen, so erschrocken war sie und ihr Herz pochte wie wild in ihrer Brust. Nach ein paar Sekunden beruhigte sich ihr Puls und sie begann den Artikel zu lesen. Sie bemerkte nicht, dass das Toastbrot inzwischen fertig aus dem Toaster gesprungen war, so vertieft las sie den Artikel. Nach dem letzten Satz stand sie auf, nahm die Zeitung und brachte sie ins Schlafzimmer und verstaute diese bei der Handtasche von Mareike. Nun war sie beruhigter, denn ihr Name wurde nicht mit Mareike in Verbindung gebracht.

Sie ging wieder in die Küche zurück und schluckte eine Schmerztablette mit einem Glas Leitungswasser herunter, da es wieder anfing in ihrem Kopf zu pochen. Anschließend nahm sie ganz genüsslich ihr Frühstück ein. Beim zweiten Toast klingelte es an der Haustür. Verwundert ging sie zur Tür und öffnet diese. Zwei Männer standen auf dem Treppenabsatz und zeigten ihre Ausweise.

„Guten Morgen. Sind Sie Frau Renate Rubel?"

„Ja, bin ich. Und wer möchte das wissen?", bohrte sie streng nach.

„Entschuldigung Frau Rubel. Das ist mein Kollege Kommissar Nörthen und ich bin Kommissar Reiking von der Wennigser Polizeidienststelle. Dürfen wir kurz hereinkommen?"

„Ja, natürlich, bitte kommen Sie herein!", befahl Renate nun kleinlaut, führte die Beamten in die Küche und bot ihnen Platz an.

„Entschuldigen Sie bitte, der Tisch ist noch nicht sauber. Ich war gerade beim Frühstücken. Darf ich Ihnen einen Kaffee oder Tee anbieten?"

„Danke, nein. Wir haben nur ein paar Fragen an sie", verneinte Michael und hielt dabei eine Hand abwehrend nach oben.

„Bitte fragen Sie, aber darf ich fragen, warum?"

„Als erstes möchte ich Ihnen sagen, dass wir Ihren Namen von Herrn Detlef Mende genannt bekommen haben. Ich wollte sie davon unterrichten, dass seine Frau Mareike im Deister ermordet aufgefunden wurde."

„Was, das darf doch nicht wahr sein", log Renate die Beamten an, hielt sich die Hände vor ihre Augen und fing an zu weinen. Kurze Zeit später entschuldigte sich Renate bei den Beamten.

„Stand Ihnen Mareike sehr nah?"

„Ja, wir haben beide mehrere Jahre in einer Wohnung zusammengelebt, um uns die Miete zu teilen."

„Herr Mende nannte uns eine Adresse in Pattensen, aber über das Melderegister in Pattensen erfuhren wir Ihre jetzige Adresse. Ich muss Sie fragen, ob Sie Mareike Mende in der letzten Zeit gesehen haben?"

„Nein, wir haben uns seit der Hochzeit nicht mehr gesehen, da ich kurz danach nach Degersen gezogen bin."

„Warum?"

„Ich habe hier eine neue Arbeitsstelle beim Frisör an der Hauptstraße angenommen und die Mieten sind in Degersen geringer als in Pattensen. Letztendlich konnte ich die dortige Wohnung mir allein nicht mehr leisten."

Die Antwort schien Andre und Michael logisch und stimmte auch mit ihrer kurzen Rücksprache mit dem jetzigen Arbeitgeber. Den hatten sie aufgesucht, bevor sie zu Renate Rubel fuhren.

„Eine letzte Frage habe ich noch, warum arbeiten Sie denn heute nicht?"

„Ich bin seit letzter Woche wegen starker Kopfschmerzen und Schwindelanfällen krankgeschrieben. Es ist ja beim Haareschneiden nicht gut mit der Schere in der Hand Schwindelanfälle zu haben. Mein Chef musste es schon mal miterleben, wie ich beim Frisieren einer Kundin auf die Knie gehen musste und er löste mich sofort ab. Ich bin schon seit einem halben Jahr in ärztlicher Behandlung und falle leider immer wieder mal aus. Dabei übe ich meinen Beruf gern aus."

„Das tut mir leid zu hören. Dann wünschen wir gute Besserung und alles Gute." Beide Kommissare standen auf und verabschiedeten sich. Auf dem Weg zur Haustür fiel Andre ein Bild mit Frau Rubel auf, die eine Kette mit einer großen vierzig um den Hals trug. Der Mann neben ihr überreichte ihr ein Geschenk. Es war in Zellophan eingepackt und enthielt zwei langstielige Sektgläser. Beim kurzen Betrachten des Bildes kribbelte sein kleiner rechter Finger wieder, aber er wusste nicht, was es zu bedeuten hatte.

Als die Beamten die Wohnung verlassen hatten, musste Renate erstmal kräftig auspusten und dachte: „Puh, da hast du aber Schwein gehabt, die beiden haben nichts gemerkt."

Sie grinste verschmitzt, ging in die Küche zurück, verspeiste seelenruhig ihren Rest vom zweiten Toastbrot und machte sich ein kühles Bier auf.

Kap. 23: Dienstag, 05.09.2017, 21:10 Uhr

Mit beiden Händen umfasste Andrea den Becher mit heißem Kaffee und trank vorsichtig einen kleinen Schluck durch die Plastiköffnung des Deckels. Sie saß auf dem Beifahrersitz im Dienstwagen, den Heinrich auf dem Parkplatz vorm Haus des vermutlichen Mörders mit Namen Darius Meier geparkt hatte. Seit mehreren Stunden saßen sie nun schon hier herum und hielten Ausschau nach dem Ford Mustang, aber bisher keine Spur von ihm. Die Ortung des Mobiltelefons hatte bisher auch nichts ergeben. Es war seit drei Tagen aus und die Auswertung der Telefonnummern, die mit dem Handy getätigt wurden, ergaben keinen eindeutigen Hinweis. Allerdings stellten Andre und Michael fest, dass die letzte Nummer, die angerufen wurde, eine Nummer aus Eimbeckhausen war. Andre rief die Nummer an und erfuhr, dass Darius bei dem Ehepaar Wollgarn war, um die Musik für die bevorstehende Goldene Hochzeit zu planen.

Andrea war jetzt kalt. Sie war mit Heinrich von halb acht bis eben gerade durch die Nebenstraßen in Arnum gegangen. Das diente zur Überprüfung, ob Herr Meier seinen Wagen vielleicht woanders geparkt hatte. Aber bisher nur Fehlanzeigen. Sie hätten es ja auch mit dem Dienstwagen abfahren können, aber nachdem sie schon eineinhalb Stunden, mehr oder weniger schweigend, daringesessen hatten, wollten sich beide die Beine vertreten. Als letzte Anlaufstelle gingen sie an der B3 entlang und holten sich jeder einen Kaffee aus einer geöffneten Bäckerei, die auch abends bis zwanzig Uhr belegte Brötchen zum Verkauf bereitstellte.

„Macht zusammen fünf Euro für die beiden Kaffee oder möchten Sie noch ein Brötchen?", hakte die ältere Dame hinter dem Tresen nach.

„Hm, ja ich nehme das eine mit Salami hier vorne", und zeigte mit dem Finger darauf.

„Dann sind es 7,50 Euro bitte."

Heinrich bezahlte mit einem zehn Euroschein und verstaute das Wechselgeld in sein Portemonnaie.

Nach zehn Minuten erreichten sie den Dienstwagen und saßen nun beide wieder im Wagen. Heinrich aß sein Brötchen und summte bei jedem Bissen, so gut schmeckte es ihm wohl.

„Ist das Brötchen so lecker?", fragte Andrea leicht genervt.

„Ja, vor allem, wenn man heute Mittag die letzte Mahlzeit zu sich genommen hat", erwiderte Heinrich.

Andrea ignorierte jedoch seine Antwort, weil sie mit ihren Gedanken bei Jens war und regelmäßig einen Schluck Kaffee aus dem Becher nippte. Sie hatte keinen richtigen Hunger, zu viele Schmetterlinge tanzten in ihrem Bauch hin und her und der Kaffee ließ die Schmetterlinge nun richtig durchstarten. Als Andrea vier Minuten später ihren heißen Kaffee leergetrunken hatte, bog ein orangener Wagen in die Straße ein.

„Duck Dich Heinrich! Da kommt der Mustang."

Beide rutschten die Sitze ein Stück hinunter, Heinrich kippte seinen Kopf in Richtung Mittelkonsole und musste unweigerlich auf die Brüste von Andrea schauen. Fast hätte er dabei seinen Kaffee auf seiner Uniform verschüttet.

Der Ford Mustang parkte auf dem für ihn vorgesehenen Platz und Darius, so vermuteten sie, stieg aus.

Heinrich und Andrea warteten noch ab, bis er ins Haus gegangen war. Sie stiegen aus und überprüften die Reifen am Mustang.

„Stimmt exakt. Ist genau das Fabrikat, was die Spusi ermittelt hat. Ich denke, wir haben unseren Täter", mutmaßte er und machte noch schnell ein Bild mit dem Handy von dem Reifentyp als Beweis.

„Ich rufe uns Verstärkung und veranlasse, dass der Wagen abgeschleppt wird."

„Nein, noch nicht, das macht zu viel Lärm, okay. Ich informiere nur Edmund."

Kurze Zeit später war alles an die Ronnenberger Dienststelle per Handy gemeldet. Die beiden gingen zum Eingang des Hauses und klingelten. Der Türsummer summte, ohne das gefragt wurde, wer an der Haustür sei. Andrea und Heinrich stiegen die Treppe hinauf in den dritten Stock und ein Mann Mitte vierzig stand in der Wohnungstür und schaute die beiden an.

Andrea und Heinrich zeigten ihre Ausweise und Heinrich stellte sie beide vor.

„Guten Abend Herr Meier, mein Name ist Oberkommissar Hoelst und das ist meine Kollegin Kommissarin Hehlwisch. Wir haben ein paar Fragen an Sie, dürfen wir hereinkommen?"

„Ja, natürlich, ich bin nur gerade erst nach Hause gekommen und die Wohnung ist nicht aufgeräumt."

„Danke, kein Problem für uns, aber wir helfen auch nicht beim Aufräumen", erklärte Heinrich es mit einem Lächeln. Andrea fand den Nachsatz völlig daneben, äußerte sich aber nicht. Darius ließ die beiden Beamten in die Wohnung und schloss danach die Wohnungstür.

Heinrich begann Darius anzusprechen: „Herr Meier, wir überprüfen gerade einige Fahrzeuge der Marke Ford Mustang im Umkreis von Hannover. Es kann sein, dass einer der vielen Wagen, die wir überprüfen, während eines Kapitalverbrechens benutzt wurde. Vielleicht haben Sie ja davon gelesen?"

„Nein, ich habe nichts gelesen."

„Wo waren Sie die letzten drei Tage, wir haben versucht Sie zu erreichen?"

„Ich war für ein paar Tage in Frankfurt bei Freunden über das Wochenende und hatte gestern und heute ein Seminar in unserer Hauptgeschäftsstelle meiner Bank und bin eben erst zurückgekehrt."

„Wann sind Sie dort in Frankfurt gewesen?" fragte Andrea nach.

Darius antwortete seelenruhig: „Am letzten Freitag bin ich gegen zehn Uhr hier weggefahren. Ich habe Überstunden abgebummelt."

Heinrich und Andrea wechselten einen schnellen Blick. Darius erkannte, dass sie ihn enttarnt hatten.

„Wie haben Sie mich gefunden?", erkundigte sich Darius nun mit zitternder Stimme. Heinrich und Andrea trauten ihren Ohren nicht.

„Woher wissen Sie, dass wir Sie suchen?" startete Heinrich eine Gegenfrage.

„Ich habe meinen Anrufbeantworter abgehört, es war keine Nachricht drauf, aber Ihre Telefonnummer. Da ich diese nicht zurückverfolgen konnte, war ich gewarnt. Aber das kommt davon, wenn man eine Dummheit begeht."

Andrea fasste hinter ihren Rücken und zog die Handschellen heraus und verlangte von Darius: „Stopp, bevor Sie noch mehr erzählen, sollten Sie wissen, dass alles was Sie jetzt sagen auch gegen Sie verwendet werden kann und wir nehmen Sie jetzt wegen Mordes vorläufig fest!"

„Darf ich meinen Anwalt anrufen?" Es war für Andrea und Heinrich verwunderlich, dass Darius Meier ohne einen Gewaltausbruch oder gar einen Angriff auf sie beide, sich freiwillig festnehmen ließ. Das war ihre einfachste Festnahme. Irgendwie spürte Andrea jedoch, dass irgendetwas nicht stimmig war.

„Darf ich des Weiteren mir eine Tasche packen? Ich denke, es dauert länger."

Andrea und Heinrich schauten sich an und waren perplex über so viel Gelassenheit. Beide Beamten entspannten sich nun auch innerlich und Heinrich steckte seine Waffe wieder zurück in den Holster. Darius hatte es gar nicht wahrgenommen.

Darius ging kurz ins Bad, Heinrich ging mit, um zu sehen, was er einpacken wollte. Andrea schaute sich in der Zwischenzeit in der Wohnung um. Überall standen und lagen CDs herum, neue und alte Musiktitel, im Wohnzimmer hingen einige Bilder und Poster von verschiedenen Pop-Gruppen an den Wänden. Im hinteren Flur betrachtete Heinrich unter anderem ein Bild, auf dem Herr Meier ein Geschenk an eine Frau überreicht. Beide lächeln in die Kamera.

Drei Minuten später war Darius zur „Abreise" fertig.

„Geht es nicht ohne Handschellen?", erkundigte er sich bei Andrea, „Ich laufe Ihnen schon nicht weg."

„Leider nein, wir haben auch unsere Vorschriften", erwiderte Andrea und klickte die Handschellen zu.

Draußen am Wagen schloss Heinrich den Kofferraum vom Mustang auf und entdeckte mit der Taschenlampe sofort den roten Fleck, machte vorsichtshalber noch eine Aufnahme mit seinem Handy davon. Andrea ging mit Darius voraus zum Dienstwagen. Heinrich rief Edmund an. In kurzen knappen Worten schilderte er ihm die Situation.

„Danke Heinrich, kommt erst mal wieder zurück, ich rufe Achim Bär an. Die Kollegen von der Spurensicherung sollen den Wagen abholen. Bleibt bitte dort, ich schicke Verstärkung, dann könnt ihr die Autoschlüssel gleich den Kollegen von der Spusi geben. Moment, bitte…" Er unterbrach kurz das Gespräch, um vom diensthabenden Kommissar zu erfahren, dass ein Einsatzwagen bereits unterwegs sei.

„Hallo Heinrich, in ein paar Minuten sind die Kollegen aus Pattensen bei Euch. Na dann, bis gleich."

„Alles klar! Bis gleich. Wird aber mindestens zwanzig Minuten dauern, *Chef*."

Heinrich konnte förmlich durchs Telefon sehen, wie Edmund ein breites Grinsen auf sein Gesicht zauberte. Er freute sich innerlich auch, den Mörder innerhalb weniger Tage gefasst zu haben, vor allem mit Andrea zusammen. Nachdem er den Schlüssel vom Mustang an die Kollegen übergeben hatte, ging er zu seinem Dienstwagen. Er stieg in den Wagen und sie fuhren zur Dienststelle zurück. Von den Kollegen hatte er erfahren, dass die Spurensicherung auch schon auf dem Weg war. Auf der Fahrt zurück sprach niemand ein Wort und keiner der beiden Beamten konnte sehen, wie bei Darius eine Träne über seine Wange herunterrann.

Kap. 24: Donnerstag, 31.08.2017, 11:47 Uhr

Rums, die Tür fiel zitternd ins Schloss und war zu. Nun konnte sie nicht mehr, fiel auf ihre Knie und fing an zu weinen. Der letzte Satz hallte in ihren Ohren nach, den Detlef ihr wutentbrannt zurief: „Dann fahr doch zu Renate!", hatte er ihr lautstark entgegengebrüllt. Draußen hörte sie den Motor von Detlefs Firmenwagen aufheulen und mit quietschenden Reifen fuhr er davon. Eine halbe Stunde weinte Mareike, dann zog sie ihre Turnschuhe sowie die lila Jacke an und dachte, warum eigentlich nicht. Renate hatte sie bisher immer wieder aufgebaut. Sie ging zur Straßenbahnstation und fuhr zum Hauptbahnhof, und von dort weiter nach Wennigsen. Ihr Handy hatte sie schon in der Straßenbahn ausgeschaltet, denn sie wollte keinen Anruf mehr von ihm erhalten.

Nach ein paar Minuten erinnerte sie sich an die alten Zeiten, in denen sie in solchen scheinbar ausweglosen Situationen immer wieder zu Drogen gegriffen hatte. Aber nur leichte Drogen, als Benebelung der Sinne oder zur Beruhigung. Sie wusste genau, von wem sie das „vererbt" bekommen hatte, von ihren Eltern.

Mareike hasste ihre Eltern, weil sie trotz der Verantwortung für sie, nicht von der Nadel loskamen. Daraufhin nahm das Jugendamt ihnen Mareike weg und von da an kümmerten sich ihre Großeltern um sie. Sie nahm sich ein Taschentuch und wischte sich die Tränen von der Wange.

Kurze Zeit später musste sie auch an Klaus denken. Sie hatte ihm ihre Spritze mit dem Heroin überlassen, denn sie wollte nicht so wie ihre Eltern enden.

Damals starrte sie auf die Nadel, die ihr Klaus hingehalten hatte. Der angeblich köstliche Saft, der, wenn erst einmal in der Blutbahn, die Sinne so stark berauscht und benebelt, dass man nicht mehr wusste, wo oben oder unten war. Aber sie konnte widerstehen.

Klaus hing stark an der Nadel und war mehr oder weniger damals mit Mareike zusammen. Naja, das hieß, abhängen am Bahnhof, einen Joint nach dem anderen rauchen und Sex in einer dreckigen Bahnhofstoilette, aber nur am Wochenende. In der Woche hatte sie tatsächlich einen Ausbildungsplatz in einer Zoohandlung bekommen. Regelmäßig traf sie sich mit Renate, die sie immer wieder aufrichtete und von den Drogen wegführte.

Letztendlich verdankte sie Renate ihr Leben, so wie es heute ist.

Denn hätte sie sich damals auf ihren drogensüchtigen Freund verlassen und den Drogen hingegeben, wäre sie kein Stück besser als ihre Eltern.

Nach einer weiteren halben Stunde rollte der Zug langsam in Wennigsen ein und sie ging als Erstes zum Frisörladen, um Renate zu treffen. Jedoch erfuhr sie von Renates Chef, dass sie erkrankt sei.

Also machte sie sich auf den Weg nach Degersen und kaufte vorher noch eine Flasche Sekt. Sie kannte Renates neue Adresse, hatte es Detlef jedoch nie erzählt.

Je dichter sie zu Renates Wohnung kam, desto stärker klopfte ihr Herz, denn sie konnte sich nicht vorstellen, dass sie sie gleich abweisen würde. Vor Renates Haustür atmete sie erst einmal tief durch, bevor sie zitternd auf die Klingel drückte.

Kap. 25: Mittwoch, 06.09.2017, 08:30 Uhr

Es lag eine schreckliche Nacht hinter ihm, kaum geschlafen und wenn, dann träumte er von Mareike, wie sie in Renates Wohnung gelegen hatte. Jedes Mal wurde er kurz wach, schlief aber wieder ein und der Traum wiederholte sich erneut. Er kam sich vor wie im Film „Täglich grüßt das Murmeltier".

Er schaute sich in der Zelle um. Der kleine Raum enthielt eine Toilette, einen Waschtisch sowie einen kleinen Spiegel. Das Fenster war natürlich vergittert.

Das Bett oder besser gesagt, die Pritsche, auf der er schlafen musste, knarrte, als er sich langsam streckte. Er ging zum Waschtisch, um sich frisch zu machen. Er vermied es jedoch in den Spiegel zu schauen, denn er wusste, dass er scheußlich aussehen musste. Kaum eine Minute danach hörte er wie sich der Schlüssel im Schloss der schweren Tür drehte. Ein Polizist und der Kommissar, der ihn gestern verhaftet hatte, kamen hinein, um ihn abzuholen.

„Kommen Sie bitte mit, Herr Meier."

Der Polizist legte ihm wieder Handschellen an, umfasste ihn am linken Oberarm und führte ihn langsam aus dem Zimmer. Heinrich ging voran, blieb aber stehen, als der Polizist die Tür von der Zelle wieder zusperrte. Sie gingen den langen Flur entlang bis zur nächsten Tür. Überall waren Kameras angebracht. Jeder Schritt wurde überwacht und die Tür wurde von der Leitstelle im Erdgeschoss geöffnet und auch wieder verschlossen, als sie alle drei hindurchgetreten waren. Auf zur nächsten Tür!

Der Vorgang wiederholte sich zweimal, bis sie endlich eine Etage niedriger waren. Dort angekommen, öffnete nun Oberkommissar Hoelst die Tür zum Vernehmungsraum. Es befand sich in der Mitte ein Holztisch sowie drei Stühle. Darius wurde auf den Einzelstuhl gesetzt, die Handschellen wurden ihm abgenommen und der Polizist verließ das Zimmer.

Darius hob nun den Kopf das erste Mal nach dem Verlassen der Zelle, drehte den Kopf nach rechts und schaute direkt in sein Spiegelbild. In diesem sonst leeren Raum hing ein überdimensionaler Spiegel. Darius vermutete dahinter weitere Beamte, die ihn und den Oberkommissar beobachteten.

„Kaffee oder irgendetwas anderes zu trinken?", fragte Heinrich den jetzt erstaunten DJ. Heinrich bemerkte das überraschte Gesicht von Darius.

„He, wir sind hier in Deutschland und nicht sonst wo in der Welt."

„Ja, Kaffee mit Milch und Zucker wäre gut. Wenn sie haben, ein Brötchen oder eine andere Kleinigkeit."

Wortlos drehte Heinrich sich um und verließ das Zimmer, ohne abzuschließen. Darius erkannte auch warum, es gab keine Türklinke zum Aufmachen. Vermutlich wurde sie auch automatisch geöffnet, wenn jemand von den Beamten herauswollte.

Er schämte sich dafür, dass er nun hier sitzen musste, aber er hatte die Dummheit gemacht, Mareike in den Wald zu fahren. An dem Abend war er völlig verblendet gewesen und konnte wohl nicht mehr richtig denken. Alles, was Renate darstellte, hörte sich so einfach, so perfekt an. Aber am Wochenende ahnte er schon, dass die Polizisten von heute viel bessere Suchmethoden besitzen als vor zwanzig Jahren.

Zwanzig Minuten später öffnete sich die Tür erneut und Oberkommissar Hoelst kam mit einem weiteren Beamten ins Besprechungszimmer hinein. Heinrich stellte den herrlich duftenden Kaffee und eine gemischte Kekspackung vor ihn hin, ohne ein Wort zu sagen.

„Guten Morgen Herr Meier, ich bin Hauptkommissar Edmund Schaft und leite die Untersuchung in diesem Fall. Meinen Kollegen kennen Sie ja schon."

„Danke für den Kaffee und die Kekse", er trank einen kleinen Schluck und nahm sich einen Schokoladenkeks aus der Packung und ließ ihn langsam im Mund zergehen.

Edmund und Heinrich setzten sich auf die beiden Stühle gegenüber von Darius. Heinrich stellte ein Mikrophon auf den Tisch, welches unter dem Tisch stand. Es war kein Kabel daran befestigt und Darius vermutete, dass die Vernehmung per Funksignal an die Kollegen hinter dem Spiegel weitergeleitet und aufgezeichnet wurde.

Edmund begann nun die Vernehmung.

„Herr Meier, Sie wissen, warum Sie hier sind?"

„Ja", lautete Darius knappe Antwort.

„Möchten Sie sich dazu äußern?"

Darius überlegte einen kurzen Moment und antwortete mit einer Gegenfrage: „Warum, sie wissen doch, dass ich Mareike mit meinem Wagen transportiert habe."

Heinrich und Edmund schauten sich erstaunt an.

„Sie kannten Frau Mareike Mende?"

„Ja", antwortete Darius wieder knapp.

„Herr Meier, Sie wissen, warum Sie hier festgehalten werden?"

Darius antwortete gelassen: „Ja, weil ich Mareike in den Wald gefahren habe."

„Nein, nicht ganz. Nach dem jetzigen Stand der Ermittlungen sind Sie der Mörder von Mareike Mende."

Darius erhob den Kopf und schaute die beiden Beamten erstaunt an. Ein Schweißtropfen rann vom Haaransatz über seine linke Schläfe hinunter und durchtränkte den Kragen seines roten Poloshirts.

„Das ist nicht wahr!", antwortete er seelenruhig, obwohl er innerlich aufgewühlt war.

„So, was ist denn wahr?", wollte nun Heinrich wissen, ließ aber Darius keine Zeit zu antworten und zählte die Dinge auf, die ihn belasteten. Dabei wurde er immer lauter.

„Erstens, wir haben Blut in Ihrem Wagen gefunden. Zweitens passen die Reifen zu den gefundenen im Wald. Drittens passt die Uhrzeit, als Sie in der Mordnacht Ihren

Wagen in Weetzen aufgetankt hatten. Also spielen Sie uns keine Komödie vor und sagen Sie uns, warum Sie Mareike **getötet** haben!"

Bei dem Wort „getötet" haute Heinrich mit der Faust auf den Tisch, sodass selbst Edmund, genauso wie Darius, erschrocken auf ihn schauten.

„Ich habe Mareike nicht getötet!", sprach Darius mit ruhiger Stimme, obwohl er diesem Oberkommissar auch gern angeschrien hätte.

„Moment, bitte!", unterbrach Edmund die Vernehmung und gab Heinrich einen Wink. Beide standen auf, gingen in Richtung Tür und verließen den Raum, nachdem sie geöffnet wurde.

Draußen angekommen befragte Edmund seinen Freund in aller Schärfe: „He, sag mal, was ist mit Dir denn los? Hast Du Liebeskummer oder was sollte diese Aktion gerade? Das war absolut nicht okay. Du bleibst jetzt lieber draußen hinter dem Spiegel und schick mir bitte Michael hierher!"

„Aber…", fing Heinrich an und stammelte ein leises „…Entschuldigung", und trottete davon. Edmund hatte also mit dem Liebeskummer voll ins Schwarze getroffen. Trotzdem tat ihm sein Freund auch leid, aber in Heinrichs Zustand konnte er keine Vernehmung mit ihm durchführen. Da sind zu viele Emotionen drin, die einer Befragung schaden könnten.

„Ich werde es ihm wohl später erklären", dachte Edmund. Kurz darauf erschien Michael Reiking bei ihm und beide gingen wieder ins Besprechungszimmer. Aber es half nichts. Darius sagte nicht mehr als vorher aus, deshalb brachen die beiden die Vernehmung nach zwei Stunden endlich ab. Darius wurde wieder in seine Zelle geführt und Edmund versammelte seine Mannschaft in seinem Büro.

Nach kurzer Zeit standen alle Kommissare an der Magnettafel. Edmund startete mit den Worten: „Als Erstes möchte ich mich bei Euch bedanken. Ihr habt als Team gut zusammengearbeitet. Der Fall scheint damit fast erledigt zu sein, aber es fehlt das Geständnis von Herrn Meier. Was meint Ihr? Was ist Euch aufgefallen?"

Er schaute in die Runde der Kommissare und sah fragende und rätselnde Blicke.

Andrea, die die ganze Zeit hinter dem Spiegel saß, startete als Erste: „Also, mir ist aufgefallen, dass er die ganze Zeit ziemlich ruhig war, ich meine seine Stimme, sowie Mimik und Gestik."

„Und er hat immer nur zugegeben, eine Dummheit gemacht zu haben", betonte Michael Reiking.

Andre Nörthen rieb sich seinen kleinen rechten Finger und erklärte schließlich: „Ich habe da ein komisches Gefühl, vielleicht ist es Euch auch aufgefallen, aber es schien, als würde Herr Meier deshalb so ruhig sein, weil er wirklich nur den Wagen gefahren hat. Damit hat er ja auch die Wahrheit zugegeben und er wiederholte mehrere Male, er habe Mareike nicht getötet. Für mich klang das total echt, also aus meiner Sicht war es nicht gelogen."

Michael und Andrea nickten langsam, nur Heinrich starrte gedankenverloren in die Runde und äußerte sich lieber nicht mehr. Ohne es sich anmerken zu lassen, nickte er jedoch auch. Er war zwar immer noch ein bisschen durcheinander wegen der Befragung und der anschließenden Zurechtweisung, aber es machte Sinn, was seine Kollegen sagten.

„Da ist etwas dran", stimmte Edmund zu. „Ich hatte es auch so vernommen, wollte aber wissen, ob Ihr es ebenfalls so seht. Ich denke, wir haben nur den Fahrer, aber der wahre Mörder läuft noch frei herum."

Nun meldete sich Heinrich zu Wort: „Hat sich Achim Bär in der Zwischenzeit schon gemeldet?"

Edmund nahm sein Handy heraus und schaute nach Eingabe der Pin in den Eingang seines Postfaches.

„Oh ja. Tatsächlich eine neue Nachricht von Achim. Ich lese es laut vor, dann sind alle gleich auf demselben Stand."

Der Text aus der Email lautete: „*Die Blutgruppe vom Fleck im Mustang stimmt mit Mareikes Blutgruppe überein, DNA bestätigt. Reifenabdruck identisch. Haare im Kofferraum auch von Mareike.*"

Er stockte und machte große Augen.

„Das ist interessant. An der Beifahrerkopfstütze wurden auch Haare gefunden, definitiv nicht von Mareike. Aber, jetzt haltet Euch fest, das Haar ist identisch mit dem Haar, welches von unserer Gerichtsmedizinerin an Mareike Jacke gefunden wurde. Laut Juliane Moder, ist dieses Haar definitiv von einer Frau."

„Also war die Beifahrerin dieselbe Person, die Mareike kannte?", vermutete Michael.

„Ich vermute, es könnte sogar die Mörderin sein", spekulierte Andre und rieb wie wild seinen Finger.

„Wie gehen wir jetzt weiter vor?", befragte Heinrich seinen Freund Edmund.

„Hm, Andrea und Andre, Ihr beide schaut Euch die Wohnung von Herrn Meier noch mal an! Vielleicht entdeckt Ihr ja noch etwas. Michael und Heinrich, Ihr beide vernehmt nochmal Herrn Meier, aber vorsichtig! Es kann sein, dass er bei der zweiten Befragung doch weich wird, denn er ist nicht der harte Bursche, wie er es in der ersten Vernehmung uns versucht hat zu vermitteln."

Heinrich bemerkte, wie Edmund ihn ansah und Heinrich nickte ihm zu. Er wäre zwar lieber mit Andrea zu der Wohnung gefahren, aber so konnte er sich besser auf die Vernehmung konzentrieren, um sich keine Patzer mehr zu erlauben. Er atmete erleichtert aus, er wusste, dass sein Chef ihm damit eine weitere Chance gab, die Vernehmung doch zu einem guten Ergebnis zu bringen.

Andrea und Andre starteten gegen kurz vor halb zwölf in Richtung Arnum. Sie hatten sich vorher die Wohnungsschlüssel von der Aufbewahrungsstelle geholt und standen schon zwanzig Minuten später vor der Wohnungstür.

Als sie in der Wohnung waren, teilten sie sich auf und durchsuchten die Wohnung, obwohl sie nicht wussten, nach was sie suchen sollten. Andrea ging heute durch das Wohnzimmer und den Küchenbereich, konnte jedoch nichts Auffälliges entdecken. Die Küche war in einem relativ sauberen Zustand. Es standen keine Töpfe oder benutzte Teller herum. Die Arbeitsplatte war gut strukturiert mit weiteren Küchengeräten aufgebaut. Die Mikrowelle, Kaffeemaschine und ein Messerblock hatten genug Platz davor gelassen, um ggf. Gemüse zu schneiden oder Schnitzel zu panieren. Sie wusste nicht warum, aber bei dem Wort „Schnitzel" musste sie für einen kurzen Augenblick unweigerlich an Juliane denken. Im Wohnbereich schien auch alles sauber zu sein. Jedoch auf den zweiten Blick konnte sie erkennen, dass hier und da ein paar CDs und ein geöffnetes Ringbuch mit Musikstücken für eine Goldene Hochzeit auf dem Esszimmertisch herumlagen. Aber für eine Jugendgesellenwohnung empfand Andrea es sehr aufgeräumt.

Plötzlich und ohne Vorwarnung rief Andre sie in den hinteren Flur. „Andrea, komm schnell mal hierher! Das darf doch wohl nicht wahr sein!", rief Andre fast laut heraus und Andrea kam eilends herbei. „Schau Dir mal das Bild an!"

Er machte eine kurze Pause und betonte dann: „Ich kenne es." „Wie bitte, Du kennst es, woher?", erstaunt blickte sie ihn an.

„Genau das gleiche Bild habe ich schon mal gesehen und weißt Du auch wo?", und grinste Andrea breit an. Doch sie zuckte nur mit den Schultern und schaute ihn fast strafend an, frei nach dem Motto, nun mach schon, raus mit der Sprache.

„Dieses Bild hing ebenfalls in der Wohnung von Frau Rubel, RENATE RUBEL!"

Daraufhin schaute Andrea sich das Bild genauer an und riss die Augen weit auf, mit den Worten: „Ich kenne diese Frau, die Du als Renate Rubel bezeichnest. Ich sah ein ähnliches Bild in der Wohnung von Herrn Mende. Auf diesem Bild hier ist sie jedoch älter. Die andere Aufnahme war wesentlich jünger und Mareike und Renate standen darauf und umarmten sich. Das ist ja ein Hammer."

„Wenn das stimmt, dann kennen sich vermutlich alle vier Personen. Frau Rubel, das Opfer Mareike, Herr Meier und ebenfalls Herr Mende."

„Du hast Recht Andre. Nimm das Bild ab, wir nehmen es mit und fahren bei Herrn Mende noch mal in Sarstedt vorbei, liegt ja fast auf dem Weg. Ich informiere Edmund, damit er weiß, was los ist."

„Okay, Andrea, aber warte bitte noch kurz. Ich denke mal laut. Könnte Frau Rubel nicht die Mörderin sein? Schließlich wohnt sie in der Wennigser Gegend, von dort ist es ein Katzensprung in den Wald. Mein Gott waren wir blind." Er musste schlucken und nach Luft schnappen, denn nun ahnte er, dass er eventuell bei der

Mörderin im Haus war und ihr gegenübergesessen hatte. Andrea sah ihm an, was er dachte.

„Ich telefoniere erst mit Edmund, vielleicht hat er ja andere Anweisungen für uns als nach Sarstedt zu fahren."

Andrea führte das Gespräch noch in der Wohnung mit Edmund. Nachdem Andrea die Fakten und Theorien erzählt hatte, erwiderte Edmund: „Alles klar, kommt sofort zurück, ich brauche Euch jetzt lieber hier! Das Bild aus Sarstedt können wir immer noch holen lassen, wenn wir es überhaupt noch brauchen. Ich rufe bei Achim an und veranlasse alles Weitere. Bis gleich!", befahl Edmund und beendete das Gespräch.

Andre und Andrea verließen nach knapp einer Stunde die Wohnung, setzten noch schnell einen weiteren Aufkleber auf das Schloss, mit dem Hinweis „Nicht öffnen!" und versiegelten damit die Wohnung wieder. Sie rannten und sprangen fast die Stufen hinunter, um schnell am Wagen zu sein. Andre überließ es Andrea zu fahren, sein kleiner Finger fing wieder an zu zittern, wohl als Reaktion auf die Tatsache, dass er mit Renate gesprochen und ihr gegenübergesessen hatte. Er versuchte sich noch einmal zu erinnern, was er bei der Befragung von Renate Rubel übersehen hatte.

Aber in den zwölf Minuten bis zur Zentrale, Andrea schaltete vorsichtshalber das Blaulicht an, um freie Fahrt zu haben, konnte sich Andre an nichts Auffälliges, außer an das Bild vom vierzigsten Geburtstag, erinnern.

Kap. 26: Mittwoch 06.09.2018, 13:28 Uhr

Michael und Heinrich schauten Darius Meier an. Er hatte sich nach fast zwei Stunden erneuter Vernehmung immer noch nicht zu einer anderen Aussage oder Geständnis hinreißen lassen.

„Also noch mal von vorn, wo waren Sie am Abend des 31.08.2017, Herr Meier?", verhörte Heinrich resigniert erneut Herrn Meier, in der Hoffnung, er würde nun bald etwas Anderes hervorbringen.

„Das habe ich Ihnen doch schon x-mal gesagt und daran ändert sich nichts", erwiderte Darius gelangweilt. Er wollte zu diesem Zeitpunkt nichts über Renate erzählen und er dachte darüber nach, die Tat auf sich zu nehmen, um Renate zu schützen.

Die Tür wurde geöffnet und Edmund erschien im Vernehmungsraum und befahl den beiden Kommissaren, den Raum zu verlassen. Anschließend setzte er sich Darius gegenüber und schaute ihn dreißig Sekunden lang an, ohne ein Wort zu sagen.

„Herr Meier, wie geht es Ihnen jetzt?"

Erstaunt antwortete Darius dem Kommissar relativ ruhig: „Nun ja, ein bisschen eintönig die ganze Befragung hier."

„Ich nehme an, sie verkennen den Ernst der Lage. Sie sind im Moment unser Täter und werden bei Verurteilung für zehn oder fünfzehn Jahre hinter Gittern wandern. Was verschweigen Sie uns? Bisher haben Sie nur erwähnt, den Wagen, Ihren Wagen gefahren zu haben,

aber wenn Sie Mareike nicht getötet haben, wer dann?"
Er machte eine Pause, holte Luft und fragte ganz gezielt:
„Kennen Sie Frau Rubel, Renate Rubel?"

Erschrocken blickte Darius den Hauptkommissar mit
großen Augen an. Dieser Blick war verräterisch und Edmund wusste, was los war. Nun gab er ein Zeichen in
Richtung Spiegel, ein paar Sekunden später erschienen
Frau Hehlwisch mit einem Kollegen im Zimmer. Sie
sagten vorerst kein Wort, kamen näher und unmittelbar
vorm Tisch nahm Andre das Bild hinter seinem Rücken
hervor und hielt es Darius sichtbar vor sein Gesicht.

Darius wurde nervös und fing an auf dem Stuhl hin und
her zu rutschen, aber er merkte selbst, es hat keinen Sinn
mehr. Er schaute wie gebannt auf das Bild und im nächsten Moment liefen ihm die Tränen die Wangen herunter.
Jetzt wusste er, dass Renate und er keine Chance mehr
hatten, den Mühlen der Gerechtigkeit zu entkommen.
Die Polizei hat bis hier gute und schnelle Arbeit geleistet, das hatte er auch nie angezweifelt.

„Ich nehme an, Sie kennen die Dame auf dem Bild, genau wie ich, unter dem Namen Renate Rubel", mutmaßte
Andre.

Die Worte hallten in Darius Ohren nach, aber nun konnte
er nicht mehr, er ließ die Schultern und den Kopf nach
vorn fallen, als Geste der Enttäuschung. Danach setzte
er sich aufrecht hin, holte tief Luft und erzählte den Beamten alles, was sie hören wollten. Der Anruf von Re-

nate, Mareike in der Küche, der Abtransport, einfach alles, was er wusste. Nun war es egal, er musste seine eigene Haut retten, so gut es ging.

Nach einer guten halben Stunde war alles gesagt. Nun fühlte er sich zwar frei und erleichtert, aber trotzdem auch schuldig. Edmund hatte Andrea und Andre, nachdem Darius angefangen hatte, wie ein Buch zu reden, wieder aus dem Raum verwiesen. Bevor sie den Raum verließen, hatte ihnen Edmund ein paar Anweisungen gegeben, um die Fahndung nach Renate Rubel zu koordinieren.

„Ist das wirklich alles gewesen, Herr Meier?", verhörte Edmund den gegenübersitzenden Mittäter. Darius blickte ihn geradewegs in die Augen und bestätigte seine Aussage mit einem Kopfnicken und einem leisen: „Ja, das ist alles!"

Edmund schaltete das Mikrofon aus und erhob sich. Darius blieb noch auf seinem Stuhl sitzen. Genau in diesem Moment wurde die Tür laut geöffnet und Achim Bär tauchte im Türrahmen auf. Edmund zog erstaunt seine Augenbrauen hoch und wollte gerade fragen, was los sei, da erläuterte Achim sehr erregt: „Edmund, komm schnell! Wir haben gerade eine GPS-Ortung von Mareikes Handy hereinbekommen. Jetzt wissen wir, wo es ist. Das Handy befindet sich in einem Restaurant in Wennigsen."

Darius stemmt sich von seinem Stuhl so schnell auf, dass der Stuhl nach hinten geschleudert wurde und umkippte.

„Herr Hauptkommissar, darf ich mitkommen? Ich kenne Renate sehr gut und vielleicht kann ich sie dazu ermuntern aufzugeben, es hat ja auch für sie keinen Sinn mehr zu leugnen."

„Das ist normalerweise nicht üblich, aber nachdem, was Sie mir gerade alles erzählt haben, ist es gut, wenn Frau Rubel ein vertrautes Gesicht sieht. Aber die Handschellen bleiben vorerst um. Kommen Sie, aber einer meiner Kollegen bleibt dicht bei Ihnen. Und ich brauche ja wohl nicht zu erwähnen, dass jeder Fluchtversuch zwecklos ist."

„Verstanden. Selbst ich bin nicht daran interessiert, mich noch mehr zu „verschulden". Ich möchte nur helfen. Außerdem vertraut sie mir, hoffe ich jedenfalls."

„Ja, verstehe. Ich überlege mir auf der Fahrt, wie ich Sie einsetzen kann oder, ob es überhaupt nötig ist", gab Edmund zu bedenken.

Nach fünfzehn Minuten waren alle Einheiten nach Wennigsen unterwegs. Die Dienststelle in Wennigsen war auch schon informiert, das Bild von Renate hatte Andre in der Zwischenzeit an die diensthabenden Kollegen in Wennigsen gemailt. Er hat zur Vorsicht geboten und auf jeden Fall sollten sie erstmal abwarten. Edmund befahl, sie sollten nur den Eingang aus der Ferne observieren.

Kap. 27: Mittwoch, 06.09.2017, 14:26 Uhr

Siegessicher saß Renate an einem kleinen Tisch für vier Personen in der hinteren Ecke des griechischen Restaurants und musste insgeheim wieder schmunzeln, als sie an die beiden Polizisten von gestern dachte. Sie bestellte sich einen Aperitif vorweg und ein Bier zum Essen. Zur Feier des Tages genehmigte sie sich einen Grillteller mit viel Zaziki. Da sie heute Morgen nur ein kleines Frühstück eingenommen hatte, hatte sie jetzt richtig Hunger. Auch heute war sie erst später aufgestanden, da es wieder in ihrem Kopf leicht brummte. Nach der Einnahme von einer Schmerztablette ließ das Brummen in ihrem Kopf leicht nach, war aber nie richtig weg.

Zu dieser Zeit war nur ein weiteres Pärchen anwesend, die noch einen Espresso nach dem Essen zu sich nahmen. Wenig später zahlten die Gäste ihre Rechnung und verließen das Restaurant. Renate kannte die beiden vom Frisörsalon. „Nette Leute, wobei mir die junge Frau aber besser gefällt", kam es Renate in den Sinn.

Augenblicklich fiel ihr Mareike wieder ein. Sie hatte das Handy von ihr in der Tasche, die Mareike vor knapp einer Woche bei ihr „vergessen" hatte. Renate wollte mal schauen, ob dort noch Bilder von ihr und Mareike gespeichert waren. Da es mit dem Essen dauerte, kramte sie das Handy hervor und schaltete es an. Nichts war auffällig daran, da ja heute fast jeder ein Mobiltelefon mit sich herumschleppte, um immer erreichbar zu sein.

Nach dem Einschalten kam natürlich die PIN-Abfrage. „Hm, was gebe ich denn hier ein? Ich habe nur drei Versuche, dann ist das Handy gesperrt", murmelte Renate vor sich hin.

Als Erstes tippte sie die Zahl 150475 ins Handy, sofort erschien „*Falsche PIN*" auf dem Display.

„Also, ihr Geburtstag ist es nicht, vielleicht das von Detlef", dachte sie weiter. Doch erneut erschien „*Falsche PIN*" auf dem Display.

Nun zögerte sie, denn es war nur noch ein Versuch übrig. Sie überlegte noch ein bisschen und tippte die nächste Nummer ins Telefon. Der Bildschirm blieb für einen Sekundenbruchteil nichtssagend stehen, aber dann ertönte ein kleines Pling und der Bildschirm war bedienbar.

„Hey, sie hat meinen Geburtstag als PIN genommen", murmelte Renate und grinste verschmitzt in sich hinein.

Nun hatte Renate vollen Zugriff auf Mareikes Handy. Etliche Emails und SMS wurden nun hochgeladen und jedes Mal klingelte und vibrierte es lautstark. Renate drückte schnell die Lautstärke herunter, da der Kellner bereits nach dem zweiten lauten „Pling" in ihre Richtung schielte. Renate entschuldigte sich schnell mit einem Handzeichen und hob beide Schultern.

Zehn Minuten später wurde das Essen an ihrem Tisch serviert. Renate ließ Mareikes Handy wieder in ihre Handtasche gleiten und stellte diese neben sich auf die Eckbank. Der Kellner fragte sie höflich, ob sie noch ein weiteres Bier haben wollte, da nur noch ein kleiner Schluck in ihrem Bierglas zu sehen war.

„Ja, bitte ein großes Bier! Zu diesem Grillteller benötige ich immer etwas mehr zum Trinken dazu, auch wegen der scharfen Soße."

Der Kellner nickte und ging zurück an den Tresen, um das nächste Bier für Renate in Auftrag zu geben.

In diesem Restaurant konnte man sich bei einem bestellten Gericht einen Salat am Buffet selbst zusammenstellen. Renate machte auch davon Gebrauch. Sie nahm sich etliche Peperoni, ein bisschen Krautsalat, rote Bete, eine halbe Tomate und veredelte alles mit Salatdressing. Als sie sich umdrehte, um zu ihrem Tisch zurück zu gehen, verspürte sie einen leichten Schwindel und die Kopfschmerzen wurden wieder stärker.

„Das nächste Bier trinke ich aber langsamer", murmelte sie leise zu sich.

Nachdem sie sich an ihren Platz gesetzt hatte, aß sie genüsslich ihren Grillteller und den leckeren Salat. Sie schaffte es heute zum ersten Mal, alles aufzuessen. Gesättigt und mit einem doch für ihre Verhältnisse vollen Bauch, musste sie sich erstmal aufrecht hinsetzen und durchatmen. Der Kellner kam sogleich, um das schmutzige Geschirr abzuräumen.

„Möchten Sie noch einen Espresso oder etwas Anderes zur Verdauung haben, gnädige Frau?"

„Ja, bitte einen Espresso, extra stark."

„Sehr gern, einen Espresso, extra stark", wiederholte der Kellner und brachte als Erstes den Teller und die Salatschüssel in die Küche und bereitete danach sofort den Espresso vor, da er dafür extra eine Schulung absolvieren musste. Sein Chef kann bis heute nur Bier vernünftig zapfen.

Renate fischte das Handy von Mareike wieder aus der Handtasche und tippte wild darauf herum. Sie fand die Galerie mit den Bildern und schaute diese dann seelenruhig an. Es kamen als Erstes die Bilder von Mareike und Detlef, diese wollte sie nicht ansehen, verzog das Gesicht zu einer Grimasse, scrollte weiter nach unten und freute sich riesig.

„Das ist ja eine schöne Aufnahme von Mareike und mir, die kenne ich ja gar nicht", vermutete aber, dass Detlef die Aufnahme gemacht hatte und Mareike per Email zugesendet hatte. Danach entdeckte sie das Hochzeitsbild von Mareike und Detlef. In dem Moment zog sich ihr Magen zusammen, als wenn ihr irgendjemand eine Faust hineingerammt hätte. Insgeheim ärgerte sie sich heute noch immer, dass sie diesen „Mann" geheiratet hatte. Denn knapp ein Jahr später hätten auch sie beide heiraten können. Die Bundesregierung hatte das Gesetz nach Jahren endlich verabschiedet, dass auch gleichgeschlechtliche Paare heiraten durften.

Wieder stieg Wut in ihr hoch und sie hatte das Gefühl, ihr Kopf fing wieder an zu brummen oder zu pochen.

Der Kellner kam nun mit dem Espresso, einem Keks sowie Milch und Zuckerportionen und stellte ihn bei ihr ab. „Bitte sehr, ein Espresso für Sie."

Renate schlürfte diesen geräuschvoll in sich hinein, der Kellner schaute erschrocken auf, doch Renate war es völlig egal, der Espresso war halt zu heiß. Jedoch steigerte das Koffein ihre Wut weiter und so bemerkte sie beim Ansehen der Bilder nicht, dass sich draußen die Polizei in einiger Entfernung versammelte.

Kap. 28: Mittwoch, 06.09.2017, 15:30 Uhr

Alle Beamten hielten sich an Edmunds Anweisung, weit entfernt vom Restaurant zu parken. Edmund und Heinrich zogen vorsichtig Darius aus dem Dienstwagen. Andrea und Andre stiegen aus dem zweiten Wagen aus, den sie bei einem Schreibwarenladen parken mussten und standen eine Minute später bei Edmund und Heinrich.

Achim Bär von der Spurensicherung ging in Zivil schon mal ins Restaurant und erkundete die Situation. Unter dem Vorwand für nächsten Samstag einen Tisch für zwei Personen zu bestellen verließ er das Restaurant anschließend sofort wieder und berichtete Edmund die Lage vor Ort.

„So wie es jetzt aussieht, ist Renate Rubel allein im Restaurant und studiert das Handy von Mareike. Sie sitzt hinten in der Ecke an einem runden Tisch. Zwei weitere Stühle stehen davor. Fast drei Meter links daneben gibt es eine Tür, vermutlich zur Küche, konnte ich nicht genau sehen."

„Okay, danke Achim. Ich habe mir Folgendes auf dem Weg hierher überlegt", startete Edmund die kleine Besprechung.

„Herr Meier geht ohne Handschellen zusammen mit Andrea ins Restaurant, sonst ist Frau Rubel gewarnt. Herr Meier, ich vertraue Ihnen und außerdem ist das Gelände jetzt rundherum abgesichert. Geben Sie Frau Hehlwisch als ihre neue Freundin aus, solange es geht!"

„Alles klar, Herr Kommissar", versuchte Darius die Situation zu belustigen, wohl auch um innerlich seine Nervosität zu beruhigen.

„Michael und Andre, Ihr beide bleibt am Nebeneingang auf dem hinteren Parkplatz stehen, falls doch ein Fluchtversuch, egal von wem, gestartet wird!"

„Ja, Chef, verstanden", bestätigte Michael Reiking und Andre Nörthen nickte nur heftig. Er machte auf Edmund den Eindruck, dass er nun doch ein wenig nervös schien, aber gut, ist jetzt nicht zu ändern.

Andrea steckte sich ihre gesicherte Dienstwaffe hinten in die Hose und zog ihre Lederjacke darüber. Sie wollten beide Renate gegenübersitzen und sie in ein Gespräch verwickeln. Außerdem war sie mit einem Mikrofon und Sender ausgestattet, so dass Edmund und Heinrich alles verfolgen konnten, was gesprochen wurde. Vielleicht konnten sie die Situation ja doch unblutig und ohne viel Aufsehen beenden.

„Okay, alle auf Ihre Plätze, es geht jetzt los!"

Darius und Andrea mussten nun knapp einhundert Meter zum Restaurant laufen.

Auf dem Weg dorthin sah Andrea noch Julianes Wagen in einer Nebenstraße stehen. Sie riskierte auch einen Blick auf Jens, der nun beide Augen aufriss, weil Andrea sich bei Darius eingehakt hatte. Vorsichtig hob er seine rechte Hand und Andrea konnte den gestreckten Daumen sehen. Ihr Herz fing an zu pochen als sie ihm zu- zwinkerte und dachte: „Bis gleich Jens, es dauert nicht lange, mit der werde ich schon fertig."

Jens ahnte, was Andrea dachte, hatte aber trotzdem Angst um sie, denn er konnte es nicht mehr leugnen. Vom ersten Tag an, als er sie im Wald angesehen hatte, mochte er sie. Er hatte den Gedanken noch nicht ganz zu Ende gedacht, da stiegen die beiden die vier Stufen zum Restaurant empor und traten als Pärchen durch die ge- öffnete Glastür ein.

Kap. 29: Mittwoch, 06.09.2017, 15:43 Uhr

Voller Konzentration starrte Renate auf Mareikes Handy und erlitt eine Emotionsschwankung nach der anderen, mal freute sie sich über das Bild um beim nächsten genervt oder wütend schnell weiter zu tippen. Erst als Darius und Andrea vor dem Tisch standen, blickte sie hoch.

„Hallo Darius, was machst Du denn hier in Wennigsen, und wer ist Deine nette Begleitung?", und legte das Handy in die Tasche zurück.

„Darf ich vorstellen, das ist Andrea Hehlwisch, meine neue Bekanntschaft."

„Oh, das freut mich für Dich, Darius, ich heiße Renate Rubel, Renni bitte!", und streckte Andrea ihre Hand zur Begrüßung hin. Andrea war nun, genau wie Darius, doch überrascht, wie locker Renate hier herumsitzt, obwohl sie vor ein paar Tagen jemanden ermordete hatte. Sie drückte nun als nette Geste ebenso die Hand von Renate mit einem kleinen Lächeln. Innerlich jedoch wurde ihr schlecht, ließ es sich aber nicht anmerken.

„Wollt Ihr auch was essen, dann nehmt doch Platz."

„Danke", sagte Darius und beide setzten sich auf die Stühle, die Achim Bär vorhin erwähnte.

„Was treibt Dich denn in diese Ecke, Darius?", erkundigte sich Renate.

„Ich hatte um zwei Uhr einen Termin für eine Silberne Hochzeit in der Moltkestraße. Andrea hat heute Nachmittag frei und wir wollten uns nun diese Location hier ansehen. In sechs Wochen soll hier die Feier stattfinden. Ich bin dann hier und sorge, wie immer, für gute Musik."

Andrea war erstaunt über eine so gut gespielte Szene.

„Möchten die Herrschaften etwas essen?"

Der Kellner trat von hinten kommend an die beiden neuen Gäste heran und zückte seinen Block und Stift. Darius erschrak ein wenig, weil er ihn erst im letzten Moment erkannte.

„Nein, bitte nur zwei Kaffee! Oder möchtest Du etwas essen, mein Schatz?"

Völlig verblüfft antwortete Andrea schnell: „Nein, ist schon okay, wir wollten doch heute noch ins Kino."

„Aha, in welchen Film denn, wenn ich fragen darf, ein Schmusefilm oder was läuft sonst noch im Kino?"

„Ein Actionthriller, der heute im Kino in der Vorpremiere läuft", log Andrea.

Renate rümpfte die Nase und erklärte fast angewidert: „Das ist mir zu viel Action, vermutlich viel zu viel Blut, nee, nichts für mich."

Draußen änderte sich die Situation schlagartig, denn vor dem Restaurant hielt nun ein Reisebus aus Lüneburg, der eine Tagesfahrt mit Senioren unternahm und für vier Uhr heute Nachmittag angemeldet war. Andrea und Darius konnten es nicht sehen, da sie mit dem Rücken zur Tür saßen.

Plötzlich wurde es sehr laut, denn in kürzester Zeit war das Lokal voll mit Senioren und zwei Betreuer fragten nun die zwei herbeieilenden Servicekräfte, wo denn das Kaffeetrinken stattfinden solle. Nach dem Besuch der Wasserräder im Deister mit einem knapp fünf Kilometer langen Marsch hatten alle viel Hunger und waren durstig.

Die zwei Servicekräfte schleusten die knapp fünfzig Senioren schnell rechts an der Bar vorbei in den hinteren Teil des Lokals, wo ein riesiger Saal bereits für diese Reisegesellschaft eingedeckt war.

Andrea fing an mit ihrem rechten Knie zu wippen, denn sie konnte sich vorstellen, was Michael und Andre draußen bewerkstelligen mussten. Außerdem versperrte der Bus auch noch die Sicht ins Innere.

„So ein Mist", fluchte Heinrich und schaute Edmund fragend an: „Was sollen wir jetzt tun, Edmund?"

Edmund brauchte auch ein paar Sekunden, um die Lage einzuschätzen. Über das Mikrofon von Andrea kam nur noch Stimmengewirr bei ihnen an. So konnten sie nichts mehr von der Unterhaltung mitbekommen. Jetzt den Laden stürmen, wäre zu gewagt, zu viele Leute waren dort anwesend. Heinrich war gespannt wie ein Flitzebogen, wusste er doch, dass Andrea jetzt auf sich allein gestellt war und wiederholte: „So ein Mist. Wieso gerade jetzt?"

Drinnen war es nun noch lauter geworden, da einige der männlichen Senioren am Tresen erstmal ein paar Biere für sich und für ihre Frauen Sekt bestellten, ohne nach hinten in den Saal zu gehen. Sie unterhielten sich lautstark und machten Witze und lachten.

Darius und Andrea drehten die Köpfe, um etwas von dem Spektakel mitzubekommen. Andrea versuchte in diesem Getümmel jedoch ihre Kollegen zu entdecken. Kurz danach drehten sie sich wieder zu Renate um und starrten beide in die Mündung einer 9 mm Pistole, die mit einer Serviette von Renate abgedeckt worden war.

„W-Was soll denn das, Renni?", stotterte Darius mit weit aufgerissenen Augen.

Daran hatte er nicht mehr gedacht. Mareikes Waffe! Mareike selbst hatte sie eine Woche vor ihrem Umzug zu Detlef an Renate abgegeben. Ihr zukünftiger Ehemann sollte damals nicht erfahren, was sie früher so alles getrieben hatte. Diese Waffe stammte wohl von einem Überfall in ein Waffengeschäft. Klaus und Mareike wollten damit das Geld für die Drogen ergaunern. Mareike erzählte die Geschichte Darius auf dem 40. Geburtstag bei Renate, als diese mit den anderen Gästen beschäftigt war.

„Ihr könnt mich nicht für dumm verkaufen. Wer ist die Zicke, Darius? Etwa eine Polizistin?", fragte Renate ärgerlich. „Du bist und bleibst nun mal ein Waschlappen, genau wie damals bei mir im Schlafzimmer. Aber mich könnt Ihr nicht reinlegen, MICH NICHT!"

Renate schrie die letzten Worte, so dass plötzlich im Restaurant die Gespräche schlagartig verstummten. Eine Stille trat ein. Die Anwesenden drehten nun ihre Köpfe in Richtung Renate und Sekunden später begriffen sie die Situation, sprangen von den Sitzen und versuchten nach hinten in den Saal zu gelangen. Im gleichen Moment knallten zwei Sektkorken aus den Flaschen auf dem Tresen. Die Servicekräfte hatte sie halb geöffnet einfach stehen gelassen, weil sie schon früher in Deckung gingen. Sie hatten ja direkten Blick auf den Tisch, wo Renate mit der Waffe saß.

Andrea und Darius konnten sich nicht bewegen, ohne zu riskieren, eine Kugel in den Kopf zu bekommen. Denn genau darauf zielte Renate abwechselt von Darius zu Andrea und wieder zurück.

Die umfallenden Stühle, die knallenden Sektkorken, die geradewegs nach oben sausten und dabei die dort hängenden Biertulpengläser in tausend Scherben verwandelten, dieser Lärm gelangte auch in Renates Ohren und brachten ihre Sinneszellen in ihrem Gehirn fast zum Bersten. Renate fing daraufhin an zu zittern, ihre Augen waren weit aufgerissen und färbten sich nun dunkelrot.

„DU VERRÄTER!", schrie Renate nun mit hochrotem Kopf, „Aber Du darfst mit ansehen, wie ich Deine Freundin als Erstes niederstrecke", stand auf und zielte mit der Waffe auf die Brust von Andrea.

„Schade um Dich, meine Süße, aber Du hast es nicht besser verdient." Sie spannte den Hahn und im selben Moment knallte ein Schuss.

Renates rechte Hand wurde von einer Kugel zerfetzt. Heinrich brauchte nur einen Schuss für Renates Hand. Der Zeigefinger ihrer Hand wurde durch die Kugel und die Wucht abgetrennt, schlitterte über das Laminat in Richtung Küche und hinterließ beim Dahinrollen blutige Streifen auf dem Fußboden.

Renates Pistole feuerte, durch den Schlag der Kugel aus Heinrichs Waffe, doch einen Schuss ab. Die Kugel traf Andrea in den linken Oberarm.

Die Pistole flog ebenfalls in Richtung Küche und Darius, der bis eben noch wie angewurzelt auf seinem Stuhl saß, drückte sich und gleichzeitig auch den Tisch hoch, so-dass Renate dahinter ins Wanken kam.

Andrea drehte sich blitzschnell mit lautem Stöhnen nach rechts weg und zog gekonnt mit der rechten Hand ihre Waffe heraus.

Renate stand noch, wedelte wild mit ihren Armen, sie spürte nicht den Schmerz in ihrer Hand, dafür jedoch in ihrem Kopf.

Sie drückte die Hände, oder was davon noch übrig war, gegen ihre Schläfen. Aber es half nichts mehr. Aus ihren Augen und Ohren strömte ihr Blut von innen in kleinen pulsierenden Bächen heraus.

Kurz darauf trafen Renate zwei weitere Kugeln von Michael und Andre in die Brust, durchschlugen Renates Körper und traten als Querschläger, abgelenkt von den Rippen, links und rechts mit einem ‚plopp' in die dahin-terliegende Wand ein.

Da Renate zwischen Sitzbank und Tisch eingeklemmt war, konnte sie nicht nach hinten fallen. Zeitgleich drehte sich Andrea mit erhobener Waffe zu Renate herum und zielte mit schmerzverzerrtem Gesicht ebenfalls auf Renates Kopf. Doch der Anblick von den blutenden Augen ließ sie zögern.

Langsam, wie in Zeitlupe, sowie unter lautem Schreien von Renate, knickte diese nun nach vorn ein und fiel mit voller Wucht auf den Tisch. Das dort stehende Bierglas begrub sie unter sich. Es zerbrach und bohrte sich tief durch ihre leichte grüne Sommerbluse, welche sie von Mareike zu ihrem ersten Jahrestag bekam, in ihre Bauchhöhle. Renates Körper blieb regungslos liegen und das weiße Tischtuch färbte sich schnell dunkelrot.

Es war vorbei.

Darius erhob sich langsam vom Boden. Er hatte sich nach dem Aufstehen blitzschnell auf den Boden geworfen, um die Schussbahn für die anderen Beamten freizumachen. Renate hätte es wieder als „Waschlappen" ausgelegt.

Alles schien ruhig zu sein, abwartend, ob sich Renate ein letztes Mal erhob, als plötzlich ein lauter Schrei an seine Ohren drang. Andrea, sie spürte nun verspätet den Schmerz vom Streifschuss am linken Arm.

„Arme Renni! Wieso konnte ich mich in Dir nur so täuschen?" kam es Darius in den Sinn.

Nun kamen die anderen Beamten aus Wennigsen sowie Edmund und Heinrich näher. Sie betrachteten die scheußliche Szenerie und steckten ihre Waffen wieder in ihre Holster.

„Alles okay, Andrea?", erkundigte sich Heinrich besorgt. Andrea stöhnte auf, hielt sich mittlerweile mit ihrer rechten Hand die Wunde und bedankte sich herzlich bei ihm: „Danke, ich bin Dir was schuldig. Das war ziemlich knapp. Um ein Haar hätte ich bei den Engeln im Chor mitgesungen."

Jens und Juliane eilten jeder mit einem Arztkoffer herbei, da Michael, der anfangs nur von draußen zuschauen konnte, die beiden sofort informierte, nachdem Andrea angeschossen worden war.

Juliane legte ihren Koffer auf die Sitzbank und fing an, Renate den Puls zu fühlen. Sie blickte Edmund an und schüttelte sanft den Kopf: „Sie ist tot!"

Jens spurtete auf Andrea zu, die sich nun doch auf einen Stuhl setzen musste, weil ihr die Beine wegsackten. Allerdings drehte sie sich mit dem Rücken zu Renate.

„Hi, wie geht's? Alles okay?", sprach er Andrea an, empfand es aber irgendwie als dumme Fragerei.

„Ja, geht schon, aber es brennt fürchterlich."

Jens öffnet den Koffer und befahl ihr: „Zieh bitte die Jacke und den Pulli aus!"

„Später, vielleicht...", und lächelte ihn an. Da erst merkte er, was er zu ihr gesagt hatte und musste nun auch lachen.

„Okay, dann erst mal nur die Jacke, ich muss nur die Wunde desinfizieren und die Blutung stoppen!", und zwinkerte sie freundlich an.

Heinrich schaute von der Bar aus auf diese Szene und wusste, dass er Andrea an Jens verloren hatte. So wie Andrea Jens anschaute, hatte Andrea ihn noch nie angesehen. Trotzdem war er ehrlich genug zu sich selbst und wünschte den beiden zumindest in Gedanken Glück.

Andre beeilte sich die übrigen Senioren aus diesem Raum in den hinteren Saal zu bringen. Michael ging wieder nach draußen und hielt weitere Schaulustige davon ab ins Lokal zu stürmen, um eine Aufnahme mit dem Handy zu machen. Zusätzliche Beamte sperrten den Bereich um das Restaurant großräumig ab.

Edmund ging zu Darius und klickte ihm die Handschellen wieder um die Handgelenke. Er gab Michael durch die Scheibe nach draußen einen Wink und ließ ihn in seinen Dienstwagen bringen.

Andre Nörthen war inzwischen im Saal bei der Reisegruppe und beruhigte die Senioren. Da der Saal räumlich getrennt war, brauchten die Gäste auch nicht sofort evakuiert werden und der Durchgang vom Restaurant zum Saal wurde zügig verschlossen, sowie mit gelbem Sicherheitsband versehen.

Kurze Zeit später waren mehrere Krankenwagen aus dem Gehrdener Krankenhaus vor Ort und versorgten die verletzten Senioren. Zum Glück nur die beiden Männer von der Theke mit kleinen Schnittwunden von den zerberstenden, durch den Raum springenden Glasscherben. Der Besitzer stand unter Schock, trank hinter dem Tresen erst einmal einen doppelten Ouzo nach dem anderen, nur seine Servicekräfte kümmerten sich eifrig um die Gäste im hinteren Saal. Alle waren schockiert über den Vorfall, aber nachdem es Freibier und freien Schnaps für alle gab, außer für den Busfahrer, fuhr der Bus gegen siebzehn Uhr in Richtung Lüneburg los. Der restliche Kuchen wurde auch gleich mitgegeben, denn nicht jeder der Anwesenden konnte etwas essen.

Achim Bär und seine Leute nahmen die Spuren und Hinweise auf. Juliane machte zusammen mit Jens Bilder von Renate und eine erste Einschätzung. Nachdem alles erledigt war, wurde die Leiche abtransportiert. Juliane und Jens verabschiedeten sich ganz besonders von Andrea. Sie fuhren dem Leichenwagen hinterher, denn Edmund wollte, wie immer, schnellstens ihren Bericht haben. Niemand bemerkte, wie Jens heimlich einen Zettel in ihre Jacke steckte, als diese noch über dem Stuhl hing.

„Andrea, es ist jetzt 17:32 Uhr", und schaute dazu auf seine Armbanduhr. „Du wirst jetzt von Heinrich nach Hause gefahren und musst Dich ausruhen. Das ist ein Befehl, verstanden! Morgen um kurz nach acht holen Dich Andre und Michael bei Dir zu Hause ab. Wir machen morgen eine kurze Abschlussbesprechung, ich möchte Dich dabeihaben. Leider haben wir nicht alles per Funkmikro mitbekommen, okay?"

Andrea nickte. Erst jetzt erkundigte er sich: „Wie geht's Deinem Arm nach dem Verbinden?"

„Ach, es geht schon Edmund, ist ja nur ein Streifschuss, mein Erster!", verkündete sie mehr oder weniger stolz und war froh, dass Heinrich so ein guter Schütze war.

Heinrich brachte Andrea zum Wagen und half ihr beim Einsteigen. Während der Fahrt sprachen beide kaum ein Wort, denn nun fühlte sich Andrea hundemüde. Der Einsatz war doch sehr anstrengend und nervenaufreibend für sie gewesen und schließlich bekommt man nicht alle Tage eine todbringende Waffe vor die Nase gehalten. Sie bedankte sich noch mal bei Heinrich vor ihrer Haustür und verabschiedete ihn mit den Worten: „Bis morgen im Büro."

„Ruhe Dich erst mal richtig aus! Ich hoffe, Du kannst mit dem Verband am Arm wenigstens ein bisschen schlafen. Wir sehen uns dann morgen. Gute Besserung", wünschte er ihr, drehte sich um und stieg wieder in den Wagen.

„Danke, Heinrich."

Heinrich hob den Daumen in Richtung Andrea, startete den Motor und fuhr los. Eine halbe Stunde später erreichte er wieder das Restaurant. Andrea schaute Heinrich nur kurz hinterher, griff in ihre Jackentasche, um den Hausschlüssel herauszuholen und fand den Zettel von Jens.

Sie lächelte, denn auf dem Zettel stand seine Handynummer und darunter ein großes „HDL". Leise flüsterte sie: „Ich Dich auch!", öffnete die Tür und ging langsam in ihre Wohnung.

Die Beamten von der Spurensicherung fuhren nach einer weiteren Stunde Spurensuche anschließend in Renates Wohnung, um die Daten von Darius zu überprüfen.

Sie fanden alle Beweise, das Blut in der Küche, quasi die ganze Küche wurde mit Luminol eingesprüht und mit bläulichem Licht alles fotografiert. Trotz der Reinigung gab es immer noch Hinweise auf Blut in diesem Raum. Im Keller stand noch der Müllsack mit dem zerbrochenen Sektglas, denn der Müll wird in Wennigsen im Zweiwochenrhythmus abgeholt.

Nach weiteren drei Stunden hatten sie auch endlich Feierabend, wobei jetzt erst die Fusselarbeit anfing. Achim Bär informierte noch die Besitzerin Alwine Seliger, die es nicht fassen konnte, mit einer Mörderin unter einem Dach gewohnt zu haben. Sie erzählte ihm mehr als eine halbe Stunde all die Dinge, die sie mit Renate erlebt hatte. Achim versuchte sich bereits nach zwanzig Minuten von ihr zu verabschieden, aber Alwine musste ihm noch die Adresse und Telefonnummer von ihrem Neffen geben, falls sie ihn auch noch befragen wollten.

Als er wieder bei seinen Kollegen im Keller war, neckten sie ihn mit folgenden Sprüchen: „Na, wie war das Blind-Date? Wussten gar nicht, dass Du auf reifere Frauen stehst!", und lachten in die Runde. Achim Bär rollte mit den Augen und schüttelte nur den Kopf und dachte bei sich: „Ihr seid wohl nicht ausgelastet Jungs, na wartet." Edmund und Michael fuhren Darius nach Ronnenberg, er musste noch eine weitere Nacht in der Zelle verbringen. Edmund erklärte ihm auch, dass er für ihn ein gutes Wort bei der Staatanwältin einlegen würde, denn ohne sein schauspielerisches Talent wäre es nicht so glimpflich abgelaufen.

Heinrich fuhr mit Andre zurück ins Präsidium. Auch wenn alle relativ müde waren, erledigten sie ihre Berichte von diesem Einsatz. Michael und Andre hatten noch etwas für Hennis Verabschiedung organisiert und fuhren anschließend in ihren Feierabend.

Um halb elf fuhren Edmund und Heinrich erleichtert von der Dienststelle jeder zu sich nach Hause. Jeder hatte so seine Art, von der Arbeit abzuschalten. Nachdem Edmund seine Frau begrüßt hatte und sich ein Radler aus dem Kühlschrank genommen hatte, ging er in sein Musikzimmer. Er setzte sich die Kopfhörer auf und lauschte in dem alten Sessel seiner Mutter den Klängen klassischer Musik.

Keine zehn Minuten später kam seine Frau ins Zimmer, um Edmund zu fragen, ob er noch etwas essen wolle, aber er bemerkte es nicht, denn er schlief bereits seelenruhig. Sie machte die Musik leiser, legte eine kleine blaue Nickidecke über seine Beine und schlich auf Zehenspitzen leise aus dem Zimmer. Sie wusste, er würde in spätestens einer Stunde erwachen und dann ins Bett wechseln. Zweiundzwanzig Jahre Eheleben mit einem Polizisten, das ist schon eine Herausforderung. Häufig saß sie allein zu Hause oder war bei ihrer Freundin Marietta, um Bridge zu spielen, immer daran denkend, ob er wohl heute zurückkommt? Es gab etliche Kollegen, oder besser gesagt Ehefrauen, wo der Ehemann im Dienst tödlich verunglückte. Mit der Zeit merkte sie aber, es ist besser, nicht daran zu denken.

Heinrich hingegen setzte sich zuhause vor seinen Fernseher, um auf andere Gedanken zu kommen. Er ging vorher in die Küche und machte sich eine heiße Milch mit Honig, um ruhiger zu werden.

Es gelang ihm leider nicht.

Immer wieder tauchten die Bilder vor seinem geistigen Auge auf, als Renate Rubel auf Andrea zielte oder als Jens ihr den Arm verband und beide sich lächelnd in die Augen sahen.

Schließlich nickte er total erschöpft gegen halb eins doch vor dem Fernseher ein. Um halb vier wachte er mit Nackenschmerzen auf, ging ins Bett, um weiterzuschlafen, aber es dauerte bis halb sechs. Er drehte sich von einer Seite auf die andere, und dachte immer wieder an Andrea, ob sie mit ihrem verbundenen Arm wohl schlafen konnte.

Als sein Wecker um sieben Uhr klingelte, hätte er ihn am liebsten gegen die Wand geworfen. Er stand erst nach zehn weiteren Minuten auf, duschte mit fast kaltem Wasser, um einigermaßen wach zu werden.

Auf Frühstück verzichtete er. Auf dem Weg zur Arbeit hielt er bei der Tankstelle und kaufte sich ein belegtes Brötchen, natürlich mit Salami.

Danach ging es ihm ein bisschen besser und er erreichte das Präsidium kurz vor halb neun.

Kap. 30: Donnerstag, 07.09.2017, 08:25 Uhr

Langsam füllte sich Edmunds Büro mit allen, die an der Aufklärung von Mareikes Mord beteiligt waren. Edmund war heute schon früher ins Büro gekommen, um alles dafür vorzubereiten. Henni hatte vorsorglich zwei Kannen Kaffee und Kekse bereitgestellt, denn sie wusste, dass nicht jeder heute Morgen ein ausgewogenes Frühstück zu sich genommen hatte. Kekse sind zwar auch nicht ideal, aber bei dem vielen Zucker, der darin enthalten ist, wird wenigstens das Gemüt beruhigt. Als Heinrich ins Büro trat und ein gequältes „Guten Morgen" von sich gab, hatte Henni den Gedanken, lieber noch eine zweite Packung Kekse bereit zu stellen.

„Guten Morgen Heinrich", empfing Henni ihn und versuchte ein kleines Lächeln aus seinem Gesicht hervorzubringen. „Kaffee ist schon reichlich da, alles okay? Du wirkst müder als die anderen."

„Danke der Nachfrage, aber die Nacht war nicht ideal für mich. Zu viele Gedanken an gestern. Es war nicht einfach für mich, *alles* zu verkraften, was ich mit ansehen musste", rechtfertigte sich Heinrich.

Henni wusste sofort, was er meinte und blickte für einen Sekundenbruchteil in Richtung Andrea, die sich noch leise mit Juliane unterhielt. Andreas Lächeln kannte sie nur zu genau. Sie hatte selbst eine Tochter und wusste sofort, wenn ein neuer Freund bei Jennifer im Gespräch war. Als Mutter hört man vermutlich nie auf, diese Signale so zu deuten. „Nun gut", dachte sie, „Ist ja jetzt egal, es wird Zeit, geht bestimmt gleich los."

Sie schaute noch mal in die Runde, nickte Edmund zu und entfernte sich aus dem Büro in Richtung Archiv.

Der Raum war erfüllt von duftendem Kaffee und niemand sagte etwas, nur Andrea und Juliane tuschelten ein wenig. Alle fanden einen Platz vor der Magnetwand und warteten auf den Start durch Edmund Schaft. Selbst Juliane war heute mit anwesend, obwohl sie die Nacht durchgearbeitet hatte. Trotzdem sah man es ihr nicht wirklich an. Deshalb wollte Edmund sie auch als Erstes ihren Bericht vortragen lassen. Achim Bär wirkte etwas kribbelig, denn er war auch noch hundemüde. Zwei Stunden Power-Napping waren doch zu wenig.

„So wie ich es sehe, sind jetzt alle da und wir können zwei Minuten eher starten, da vielleicht der ein oder andere heute früher nach Hause möchte." Edmund machte bewusst eine Pause und fuhr dann mit einem lächelnden Gesicht weiter fort.

„Als Erstes möchte ich allen Beteiligten, die für die Aufklärung dieses, na sagen wir mal, kuriosen Falles mitgewirkt haben, bedanken. Ihr habt gute Arbeit und vor allem gute Zusammenarbeit geleistet. Damit die Besprechung schnell vorangeht, starten wir nun mit den einzelnen Berichten. Juliane, darf ich Dich bitten anzufangen?"

„Klar, kein Problem, habe jedoch durchgemacht, seht es mir nach, wenn ich nicht gleich auf den Punkt komme." Sie machte eine kurze Pause, um sich zu sammeln.

„Also, das wichtigste Detail zuerst. Der Tod trat unmittelbar nach dem Eindringen des Bierglases in den Oberbauch ein. Es durchtrennte die Aorta zu den Beinen, Magen, Milz und andere Innereien wurden ebenfalls dadurch stark geschädigt. Die zwei Schussverletzungen in der Brust waren zusätzlich lebensbedrohend, die Kugel aus Michaels Pistole verletzte, besser gesagt, durchquerte ihren linken Lungenflügel. Die zweite Kugel von Andre prallte an einer Rippe ab und durchschlug als Querschläger den Körper von Renate. Diese Kugel raste zwanzig Zentimeter dicht am Herz vorbei und verletzte auch dort eine lebenswichtige Vene."

Andrea meldete sich zu Wort und bat Juliane: „Erzähl uns, was hat es mit den blutenden Augen auf sich? War das ein Tumor?"

„Nein, nicht ein Tumor, sondern gleich zwei Tumore. Ich erkläre es mal ohne Fachbegriffe, dann ist es für Euch verständlicher. Der eine war nahe dem Emotionssektor im Gehirn, deshalb die Wutausbrüche. Er ist eine Symbiose eingegangen mit dem Tumor, der die Sinneswahrnehmung beeinträchtigte. Der zweite war jedoch bösartig, Renate Rubel hätte maximal nur noch ein bis zwei Monate zu leben gehabt. Dieser zweite Tumor ist in der letzten Zeit so stark gewachsen, dass er nahe an der Stirn, auf die Sehnerven drückte. Die lauten Geräusche stimulierten ihn so stark, dass dieser letztendlich platzte. Koffein, ein zu hoher Puls und Bluthochdruck in Stresssituationen, brachten ihn wohl zum Bersten. Die

Medikamente sowie der Alkohol taten ein Übriges. Deshalb auch der Verlust des Gleichgewichtssinnes und das Austreten des Blutes durch die Ohren und Augen."

„Mit dem Krach macht für mich schon Sinn. Denn als Renate Rubel anfing zu schreien und anschließend die Sektkorken alles lautstark demolierten, veränderte sich total ihre Mimik. Außerdem war es davor sehr laut durch die vielen Gäste, die in das Restaurant eintraten", bemerkte Andrea.

„Nicht zu vergessen, der laute Schuss von Heinrich, sowie der Verlust des Fingers. Dann der zweite Schuss durch die Waffe von Renate und letztendlich die beiden Schüsse von Michael und Andre", vervollständigte nun Edmund die Bemerkung von Andrea.

„Das alles klingt alles sehr plausibel, wenn ich die Diagnose von Juliane so richtig deuten kann. Sonst noch etwas aus der gerichtsmedizinischen Abteilung, Juliane?"

„Nein, im Groben und Ganzen war es das. Genaueres in meinem Bericht, kommt aber erst morgen früh, okay?"

„Ist okay, fahr vorsichtig nach Hause! Oder soll Dich einer nach Barsinghausen bringen?"

„Nein, geht schon, habe einen Kaffee getrunken und es ist auch nicht das erste Mal, dass ich morgens früh nach Hause komme. Muss ja nicht mehr dabei sein, oder?"

„Doch, bitte ganz kurz noch hierbleiben!", erwiderte Achim Bär.

„Ich habe mal die Datenbank durchforstet. Habe nach Renate Rubel geschaut und siehe da, sie war schon mal im Krankenhaus mit fünf Jahren, wurde von einem Sportwagen angefahren und erlitt eine Kopfverletzung. Könnte das die Ursache für die Tumore sein?", mutmaßte er.

„Ja, auch das kann möglich sein. Er schlummert im Kopf, bis er stimuliert wird, kann nach Jahren erst wachsen und meistens geht es dann auch sehr schnell zu Ende. Ach ja, ich hatte vorhin noch etwas vergessen. Im Blut konnte ich eine erhöhte Dosis Schmerzmittel nachweisen und in dem anfänglich gefundenen Haar hatte ich es ja auch schon festgestellt. Aber zu dem frühen Zeitpunkt wussten wir noch nicht, wem das Haar gehörte. Nun passen die Puzzleteile perfekt zusammen."

„Und was ist mit der Waffe, die Renate bei sich hatte?", richtete Heinrich die Frage an Achim.

„Das hätte ich fast vergessen, danke für den Hinweis, Heinrich." Achim Bär nickte freundlich in seine Richtung und klickte wild auf seinem Laptop herum, bis er die passende Info wiedergeben konnte.

„Auf Grund der Seriennummer konnte ich feststellen, dass die Waffe aus einem Überfall auf ein Waffengeschäft im Jahre 1993 stammte. Es wurde damals versucht, mehrere Waffen mit der passenden Munition zu entwenden. Allerdings waren die Kollegen, dank der Alarmanlage so schnell vor Ort, dass alle Waffen, bis auf diese eine Pistole inklusive einer Packung Munition, sichergestellt werden konnten. Die Täter konnten jedoch nicht ermittelt werden, keine Fingerabdrücke oder Sonstiges waren zu finden. Nun schließt sich auch da der Kreis, bzw. um bei Julianes Formulierung zu bleiben, ist auch dieses fehlende Puzzleteil nun aufgetaucht."

Andrea meldete sich nun zu Wort: „Ich möchte nur nochmal erinnern, dass wir ohne Herrn Meier nie so dicht an Renate Rubel herangekommen wären. Er hat mit schauspielerischem Geschick maßgeblich die Situation sehr gut vorbereitet. Er hat Renate mit dem Tisch sogar ins Wanken gebracht und ich konnte somit einer weiteren schwerwiegenden Verletzung aus dem Weg gehen."

„Das stimmt. Ich werde es bei der Staatsanwaltschaft genauso vorbringen, danke Andrea", verdeutlichte Edmund und wandte sich nun allen zu.

„Vielen Dank Euch allen. Ich denke, wenn niemand mehr etwas Wichtiges beitragen kann, können wir diesen Fall abschließen. Halt, stopp. Michael und Andre, Euch beide hatte ich ja fast vergessen. Ich habe noch eine Überraschung für Euch."

Michael und Andre schauten sich beide fragend an und Andre zuckte mit den Schultern.

„Kommt mal beide zu mir und dreht Euch jetzt … ", Edmund machte bewusst eine Pause bis die beiden bei ihm waren und vollendete dann den Satz, „langsam um und schaut Euch Eure neuen Kollegen an. Ihr werdet ab ersten Oktober zu meiner Einheit versetzt."

„Edmund, mach keine Scherze mit uns!", ermahnte ihn Michael.

„Mache ich nicht. Der Dezernatsleiter hat einen neuen Kommissar aus Süddeutschland bekommen und möchte ihn erst mal in Wennigsen eingewöhnen. Seine Frau ist als Managerin nach Hildesheim versetzt worden. Für Andre kommt ein junger Polizist aus Hameln, der um eine Versetzung gebeten hat. Ihr werdet die beiden neuen Kommissare ab Oktober in die Wennigser Dienststelle einarbeiten. Die erste Woche im Wechselbetrieb. Morgens Michael in Wennigsen, nachmittags Andre in Wennigsen, was haltet Ihr davon?"

„Das gibt's doch gar nicht", meinte Andre und blickte ungläubig auf seinen Kollegen Michael. Dieser war völlig sprachlos. Aber im nächsten Moment wurden er und Michael schon von den anwesenden Kollegen herzlichst begrüßt, umarmt oder per Hi-Five-Handschlag in die Runde aufgenommen.

„So und jetzt bitte die Kekse aufessen und den Kaffee genießen. Dabei können wir noch mal kurz über Hennis Verabschiedung sprechen. Die halbe Stunde gönnen wir uns jetzt, einverstanden?"

Es war eine großartige Stimmung im Besprechungsraum wie schon lange nicht mehr. Nach zwanzig Minuten war auch das Thema Verabschiedung Henni besprochen. Edmund und Heinrich lösten sich ein bisschen von der restlichen Truppe und wechselten noch rasch ein paar Worte.

„Alles klar, mein Freund?", erkundigte sich Edmund.

„Ja, geht schon, wird aber eine Weile dauern, kriege ich aber auch hin, wenn Du verstehst, was ich meine."

„Ich helfe Dir, werde Dich dann mit Michael oder Andre als Team im Wagen fahren lassen, okay?"

„Bitte Michael, wir harmonieren ganz gut zusammen, wir hatten zwar ein paar Startschwierigkeiten, aber das ist schon okay."

„Einverstanden. Versuchen wir es ab Oktober mit einer neuen Teambildung." Edmund drehte sich zu den anderen im Büro um und sprach nun etwas lauter: „So, die halbe Stunde ist um. Also nehmt die restlichen Kekse und Kaffee mit in Eure Büros, ich muss noch telefonieren!" Kurze Zeit später waren alle Kollegen aus seinem Büro wieder zurück an ihren eigenen Arbeitsplätzen und Edmund wählte die Nummer von Detlef Mende.

Auch er war völlig schockiert und musste sich am Telefon erst mal sammeln. Nach einer kurzen Gedenkpause sagte er schließlich: „Bevor ich es vergesse, Mareike wird schon am Dienstag auf dem Friedhof in Barnten beigesetzt. In der Kapelle findet ab 14:00 Uhr eine Trauerfeier statt."

„Okay, Herr Mende, dann bis Dienstag, werde versuchen da zu sein. Bis dahin alles Gute", und beendete das Gespräch. Anschließend wählte er die Nummer von der Staatsanwältin Roggenpohl. Sie war ein zäher Brocken und Edmund wusste nicht, ob es für Darius eine Chance gab, doch nicht ins Gefängnis zu müssen.

Kap. 31: Freitag, 08.09.2017, 18:28 Uhr

Die Sonne hinterließ auf ihrer rechten Wange ein wohliges Gefühl von Wärme, als Juliane auf dem Feldweg in Richtung Barsinghausen langsam trabend zurück zu ihrem Kleinwagen trottete. Sie hatte sich gut im Griff, war ehrgeizig genug, um regelmäßig den von Andrea präferierten Weg zu laufen. Nach gut einer Woche hatte sie schon zwei Kilo abgenommen. Leider musste sie nun allein laufen. Unweigerlich musste sie an Andrea denken, die sie die ersten paar Male begleitete, sich aber mit ihrer Schussverletzung schonen musste. Sie freute sich für sie und Jens, hoffte auch, es wird mehr daraus. Andrea erzählte ihr gestern vor der Abschlussbesprechung die Geschichte mit dem Zettel in der Jacke.

Kurz darauf kamen auch bei ihr wieder die Bilder von Renate in den Sinn. Sie versuchte sie mit einem leichten Kopfschütteln beiseite zu schieben. Es gelang ihr nicht richtig, also senkte sie leicht den Kopf und versuchte nicht zu stolpern, denn der Weg wurde nun steiniger.

Heute, nach einer Woche, konnte Juliane die sechs Kilometer lange Strecke ohne Unterbrechung durchlaufen. Okay, die einhundert Meter gehen kurz vor dem Wendepunkt, rechnete sie mal nicht mit ein. Aber sie war stolz auf sich selbst, freute sich schon auf die warme Dusche und das kalorienarme Essen. Vor ein paar Wochen hätte sie ihre Kernkompetenz, das Essen, beim Italiener nebenan bestellt.

Etwa zur gleichen Zeit als Juliane ihre Runde drehte, trafen sich Jens und Andrea in Gehrden in der Fußgängerzone. Andrea hatte Jens auf seinem Handy angerufen und gefragt, ob er heute für ein Eis nach Gehrden kommen wolle. Sie parkte auf dem Parkplatz bei der Post und ging dann in Richtung Eisdiele. Jens fand einen Parkplatz beim Rathaus und war dementsprechend eher an der Eisdiele und organisierte schon mal einen Tisch. Fünf Minuten später sah er Andrea auf sich zukommen und winkte ihr zu. Er stand auf und wies auf den freien Stuhl.

„Hallo Andrea, wie geht es Dir heute mit deiner Verletzung?"

„Eigentlich ganz gut, nur beim Schlafen auf der linken Seite werde ich leider immer noch wach. Aber das wird schon, ich hatte ja einen guten „Ersthelfer". Wie war Dein Tag heute?"

„Nun ja, wir mussten heute endlich die ältere Dame untersuchen, die seit Dienstag in unserer Kühlkammer liegt. Durch die Identifizierung von Frau Mende am Dienstag mussten wir die Dame wieder in die Schublade schieben. Das war heute wirklich nicht angenehm", meinte Jens zu ihr.

Anschließend schauten sie beide in die leckere Eis-Karte und wählten je einen großen Eisbecher. Jens bestellte bei der herbeieilenden Kellnerin einen Erdbeerbecher und Andrea wollte einen Eisbecher mit Nüssen und Schokolade. Als die Kellnerin wieder weg war, legte sie demonstrativ ihre rechte Hand auf den kleinen runden

Tisch, an dem sie sich beide gegenübersaßen, in der Hoffnung, Jens würde sie ergreifen.

Aber er tat es nicht. Fast ein bisschen enttäuscht fing Andrea nun an Jens geschickt auszufragen.

„Wie lange dauert denn eigentlich noch Dein Praktikum bei Juliane und gefällt Dir der Job?"

„Nur noch bis Ende des Monats und ich muss gestehen, der Job als Gerichtsmediziner macht mir Spaß und ist interessant. Er ist abwechslungsreich und ich glaube, Juliane ist froh, wenn sie nicht alles allein machen muss."

„Ja, das stimmt, sie nimmt ihren Job sehr ernst. Ich bin froh, sie als Freundin zu haben, aber eigentlich…", sie unterbrach sich und schaute Jens mit lächelndem Gesicht an.

„Aber was…?", wollte Jens nun wissen und rutschte auf seinem Rattanstuhl Andrea entgegen.

Andrea wollte gerade antworten, als die Kellnerin mit dem leckeren Eis an ihren Tisch herankam und vorsichtig die Eisbecher mit einem „Bitte schön" auf dem Tisch platzierte. „Das sieht ja lecker aus, nicht wahr?", stellte er fest. „Echt lecker, lass es Dir schmecken!" wünschte Andrea ihm.

Jens dachte erst daran sie erneut zu fragen, beließ es aber dabei und widmete sich nun seinem Eis. Er wollte Andrea nicht bedrängen, obwohl er verspürte, dass zwischen ihnen die Funken quer über den Tisch sausten und fast das Eis zum Schmelzen brachte.

Die Eisbecher waren natürlich aus Glas. Andrea fühlte die Kälte an ihren Fingern. Nachdem beide ihre Portionen genüsslich mit ein bisschen Smalltalk in aller Ruhe weg gelöffelt hatten, startete Andrea einen zweiten Versuch mit ihrer rechten Hand.

„Brrr, hast Du jetzt auch kalte Hände?", befragte sie Jens.

„Ja, bleibt bei Eis im Glas nun mal nicht aus. Darf ich?", und legte seine Hand auf ihre. Wie ein Blitz durchzuckte es ihn und er schaute Andrea einfach nur an, ohne ein Wort zu sagen, zehn Sekunden, die ihm wie eine Ewigkeit vorkamen. Andrea wehrte sich nicht, sie hatte das Gefühl, bei ihr setzte zum Zeitpunkt der sanften Berührung das Herz für einen Herzschlag aus und holperte anschließend im Galopp davon.

Jens brach als Erstes das Schweigen. „Das hatte ich mir schon damals gewünscht, nach der Obduktion auf dem Weg zur Knochenbar."

„Jetzt kann ich ja sagen, Du hast mir damals eine schlaflose Nacht bereitet. Ich wollte es erst nicht wahrhaben und dachte es lag an der gruseligen Obduktion, aber heute weiß ich es besser."

„Entschuldigen Sie, darf ich bitte schon kassieren, ich habe gleich Feierabend?", fragte die Kellnerin die beiden freundlich. Andrea und Jens zuckten zusammen, so sehr waren sie mit sich beschäftigt, dass sie sie nicht herantreten hörten. Andrea wollte aus Reflex ihre Hand zurückziehen, aber Jens drückte diese nochmal fester, bevor er sie losließ.

„Alles zusammen, bitte!", erklärte Jens. „Dreizehnachtzig sind es dann."

Jens zog sein Portemonnaie heraus und übergab der Kellnerin fünfzehn Euro mit den Worten: „Stimmt so!"

„Vielen Dank und einen schönen Abend noch."

Andrea und Jens erhoben sich vom Tisch und die beiden schlenderten anschließend Hand in Hand in Richtung Fußgängerzone. Sie gingen dort an mehreren Wildschweinen aus Metall vorbei und jeder wusste vom anderen, was er gerade dachte. Sie machten einen großen Bogen um die Wildschweine. Sie spazierten noch kreuz und quer durch Gehrden. Die Luft war angenehm und die letzten Sonnenstrahlen erwärmte die beiden Verliebten. Der Spaziergang dauerte ungefähr eine halbe Stunde und endete am Wagen von Andrea. Dort angekommen verabschiedeten sich beide mit einem langen Blick in die Augen.

„Vielen Dank für das Eis."

„Bitte. Sehen wir uns nächste Woche wieder?", startete Jens jetzt die Offensive.

„Nein, keine Chance", sagte Andrea eiskalt.

Jens starrte sie erschrocken mit großen Augen an. Nach einer weiteren Sekunde schmunzelte sie ihn an, zog ihn näher zu sich heran und flüsterte ihm ins Ohr: „So lange kann und will ich nicht mehr warten. Wir sehen uns morgen um neun Uhr zum Frühstück bei mir, okay?"

Ohne eine Antwort abzuwarten küsste sie ihn sanft auf seine rechte Wange und wollte sich gerade umdrehen, um ihren Wagen aufzuschließen, da zog er sie mit einem kleinen Ruck wieder zu sich und küsste sie ganz langsam näherkommend sanft auf ihre Lippen.

Was nun geschah, war für sie wie eine Explosion von Gefühlen, angefangen von ihrem Nacken, den Rücken herunter bis in die Lenden, die sich nun, wie von selbst, immer stärker gegen Jens drückten. Gefangen in wilder Lust, küsste sie ihn einfach weiter. Umarmend, küssend und stöhnend schaffte sie es, ihm ein leises „Ich liebe Dich" entgegen zu hauchen und Jens antwortete: „Ich liebe Dich auch."

Jens umarmte Andrea fester, als er es je zuvor bei irgendeiner seiner Ex getan hatte. Er rutschte mit seinen Händen ihren Rücken herunter, umfasste sanft ihren runden Po und drückte diesen nun langsam, aber immer fester in seine Richtung. Andrea stöhnte nun ihrerseits leise auf, denn sie konnte spüren, wie sein Becken dichter an sie heranrückte. Aber sie spürte noch mehr als nur sein Becken. Die wilde Schmuserei blieb auch bei ihm nicht ohne Wirkung. Nachdem sie sich getrennt hatten, konnte sie deutlich die Beule in seiner Hose sehen, was ihre Lust noch mehr steigerte. Ihre Hände ließ Jens jedoch nicht los, zu lange hatte er darauf verzichten müssen.

„Jens, ich weiß nicht, was ich sagen soll, aber…", weiter kam sie nicht, denn Jens fiel ihr ins Wort.

„Ich denke, Du willst mir sagen, dass Du nicht bis morgen neun Uhr auf mich warten willst, stimmt's?", und lächelte sie an.

„Ja, Du hast Recht. Ich gebe Dir drei Minuten, um Deinen Wagen zu holen und dann essen wir schon heute Abend um neun Uhr was Nettes."

„Bei Dir oder bei mir?", stellte er die berühmte Frage.

„Ich dachte schon, Du würdest mich nie fragen", sie lächelte ihn an und gab ihm einen Kuss.

„He, ich liebe dich. Aber ich denke, mit Deiner Verletzung am Arm ist es besser bei Dir. Deine Adresse habe ich schon erfahren."

„Ach, wirklich?"

Nun schaute er verlegen und pfeifend in die Luft und Andrea ahnte, vom wem er sie bekommen hatte.

„So, nun musst Du mich aber loslassen! Sonst vergesse ich mich. Außerdem ist mein kleiner Zweisitzer nicht dafür gemacht, na, Du weißt schon…", schmunzelte sie ihn an. „Ich habe immerhin einen größeren, das könnte…", nun mussten beide lachen. Jens und Andrea gaben sich noch einen schnellen Kuss und er spurtete zu seinem Wagen zurück. Andrea schlüpfte in ihren Zweisitzer und startete mit einem breiten Lächeln ins lange Wochenende.

Kap. 32: Dienstag, 12.09.2017, 13:50 Uhr

Eine Tür wurde geöffnet und ein hagerer Mann trat in die Friedhofskapelle ein. Unter seinem Arm klemmte eine Lederaktentasche, in der die Noten für die heutige Trauerfeier aufbewahrt waren. Behutsam öffnete er die Tastenklappe und stellte die Noten auf die dortige Ablage. Nachdem er den dazugehörigen Hocker auf die richtige Höhe gekurbelt hatte, setzte er sich und spielte ein leises Stück zur Vorbereitung.

In der Kapelle selbst war es wie immer kalt, da jetzt im September die Heizung noch nicht in Betrieb genommen worden war. Leider, denn ausgerechnet heute zog ein frischer Wind von Nordost über das Land. Die dunklen Wolken trieben schnell über den Friedhof hinweg. Zum Glück regnete es nicht, dafür war zu viel Wind. Es war das abflauende Sturmtief, das vor zwei Tagen den an der Küste lebenden Menschen mit einer kalten und steifen Brise die Frisur durcheinanderbrachte.

Ein großer Kerzenständer mit sieben weißen, langen Pilar Kerzen stand hinter dem Sarg und die Flammen tauchten diesen Raum in eine beruhigende Stimmung.

Links und rechts standen die Stühle für die Besucher, die Mitte blieb als Gang frei, weil dort der Wagen mit dem Sarg später herausgefahren wurde. Heute hatten sich nur wenige Besucher zur Trauerfeier von Mareike Mende eingefunden. Detlef und Karolin saßen in der ersten Reihe rechts dahinter waren mehrere Reihen frei, erst danach waren weitere Stühle mit Besuchern höheren Alters besetzt. Edmund vermutete, es waren Besucher, die jetzt mal etwas Anderes erleben wollten als nur zuhause vor dem Fernseher zu vereinsamen. Er und Heinrich waren schon seit Viertel vor zwei hier und saßen in der vorletzten Reihe hinten links. Regelmäßig hörten sie irgendjemanden, der sich vor Trauer oder vor Kälte die Nase putzte.

Der Sarg war aus Eiche und ein großer Kranz mit weißen Nelken lag darauf. Eine lila Schleife befand sich am Kranz und als Text war dort aufgedruckt: Für Mareike, in Liebe Dein Detlef. Auf der linken Seite stand noch ein kleiner Kranz mit gelben Necken, zwar mit einer Schleife, aber ohne Text. Edmund vermutete, dass dieser von Karolin war.

Pünktlich um zwei Uhr trat der Gemeindepfarrer durch die Seitentür in die Kapelle ein und sogleich ertönte der erste Ton der Orgel. Nachdem das erste Musikstück beendet war, begann der Pfarrer die Trauerfeier mit der trinitarischen Einleitung. Stellte sich danach an das Rednerpult auf der rechten Seite und startete seine Predigt, die er gestern noch mit Detlef besprochen hatte.

„Liebe Trauergemeinde, wir haben uns heute hier versammelt, um Abschied von Mareike Mende zu nehmen." Karolin schluchzte herzergreifend bei diesen Worten, aber Detlef selbst zeigte keine Regung. Sogar der Pfarrer musste eine Luftpause einlegen, schaute kurz in Richtung Karolin und fuhr dann in seiner Predigt fort.

Als Erstes verlas er die allgemeinen Daten, Geburtstag, wo aufgewachsen, Verlust der Eltern und Großeltern, und auch die Andeutung von –wie nannte er es- lebensbedrohendem Lebenswandel. Edmund riskierte einen Blick zu Heinrich, der genau wusste, was gemeint war und dieser rollte mit den Augen. Danach die Arbeitsstelle in Göttingen, anschließend die Hochzeit und zum Schluss nur einen kleinen Hinweis auf ihren schrecklichen Tod. Mittlerweile wusste wahrscheinlich jeder hier im Raum, wer der Täter bzw. die Täterin war, stand ja in großen Lettern am nächsten Tag in der Zeitung. Die Tatsache, dass Mareike eigentlich von ihrer früheren „Lebensgefährtin" ermordet wurde, verschwieg der Pfarrer. Edmund vermutete sogar, dass Detlef es ihm gar nicht erst erzählt hatte.

Die Predigt selbst handelte von Kain und Abel. Kain wurde gewarnt, dass die Sünde vor seiner Tür lauert, doch er verstand die Worte damals nicht und tötete letztendlich seinen eigenen Bruder Abel.

„Was tun wir, damit wir in unserem Leben nicht der Sünde verfallen. Besinnen wir uns, was für uns wichtig ist. Erstmal wir selbst sollen mit uns im Reinen sein. Und dann mit unserem Nächsten. Aber wer ist das? Unser Partner, der Nachbar, die Frau des Bäckers, der Busfahrer, oder, oder, oder. Und zum Glück sind alle unterschiedlich, haben auch mal andere Ansichten oder ein anderes Aussehen." Er machte eine kleine Gedankenpause.

„Sie fragen sich jetzt bestimmt, wieso zum Glück? Ganz einfach. Unterschiede bereichern unser Leben, bergen aber auch die Gefahr, jemanden zu verachten oder schlimmer noch, zu hassen, nur, weil er oder sie die

Farbe Grün schöner findet als Lila. Gott will uns formen, wo immer wir mit unseren Nächsten in Berührung kommen. Denn wir sollten irgendwann die Erkenntnis besitzen, dass jeder Mensch, der anders ist als ich, etwas Besonderes ist!"

Nun konnte Detlef nicht mehr, er zog sein Taschentuch heraus und wischte sich die Tränen von der Wange, denn er wusste, dass Mareike für ihn etwas Besonderes gewesen war. Leider konnte er sich jetzt nicht mehr für sein Verhalten bei ihr entschuldigen.

Der Pfarrer kam zum Schluss seiner Predigt mit den Worten: „Wenn wir so handeln und uns anderen gegenüber verhalten, dann erleben wir hier auf Erden ein Stückchen Himmelreich. Amen."

Nach einer kurzen Pause folgte noch das Lied „So nimm denn meine Hände und führe mich…"

Nach dem Segen sprach der Pfarrer Detlef und Karolin das Beileid aus. Mareikes Sarg wurde von den Sargträgern zur Grabstelle gezogen und dort hinuntergelassen. Anschließend wurde noch das „Vater unser" gesprochen und die Besucher sprachen den Trauernden, Detlef und Karolin, ihr Beileid aus. Ein älteres Ehepaar war besonders ergriffen und reichte Detlef unter Tränen die Hand. Er zögerte erst, ergriff sie dann aber doch.

Es waren Renates Eltern aus Empelde, extra mit Bus und Bahn angereist, um sich bei Detlef für Renates Fehlverhalten zu entschuldigen.

Edmund und Heinrich warteten in einiger Entfernung. Erst als alle anderen bereits gegangen waren, gingen sie auf ihn zu.

„Stellvertretend für unsere Dienststelle möchte ich Ihnen unser Beileid aussprechen", und schüttelten Detlef und Karolin die Hände.

„Vielen Dank, bitte grüßen Sie Ihre Kollegen, besonders an Frau Hehlwisch gute Besserung."

„Danke, richten wir gern aus."

„Was wird denn nun aus Darius, Herr Schaft?"

„Das kann ich noch nicht genau sagen, die Staatanwaltschaft verhandelt noch mit dem Rechtanwalt von ihm. So wie ich es sehe, wurde er von Renate gezwungen, die Leiche in den Wald zu fahren, das könnte sich strafmildernd auswirken. Ich werde Sie zu gegebener Zeit darüber informieren."

„Ist gut, danke vorerst."

„Alles Gute für Ihre Zukunft. Für Sie beide!", sprach Edmund.

Anschließend verabschiedeten sie sich. Als sie in den Dienstwagen stiegen, standen Detlef und Karolin immer noch am Grab und schauten gebannt auf Mareikes Sarg hinab.

Kap. 33: Mittwoch, 20. 09 2017, 09:31 Uhr

Seit halb neun werkelte Henni nun schon in der Küche herum. Sie wollte das Besprechungszimmer entsprechend für ihre Verabschiedung vorbereiten. Ihren Arbeitsplatz im Archiv hatten die Kollegen bereits gestern spät abends geschmückt. Eine Girlande hing quer über den beiden Monitoren. „Auf Wiedersehen" stand in bunten Lettern darauf und es sah aus, als lächelten die beiden Monitore sie an. Sie war den Tränen nah und schaute sich alles an. Konfetti war über dem ganzen Platz verstreut. Die Tastatur von ihrem PC war bereits abgebaut, damit sie ja nicht nochmal irgendetwas bearbeitete. Kleine Schokoladen und Merci-Stückchen waren zwischen dem Konfetti und den Monitoren unstrukturiert verteilt worden. Schön bunt sah der Platz aus.

„Ich werde euch vermissen", dachte sie und zückte nun doch ein Taschentuch und wischte eine Träne von der Wange.

Nach weiteren zwei Minuten, die sie in Gedanken versunken auf ihren Arbeitsplatz schaute, zog sie ihre Strickjacke aus und bereitete alles für die Feier im Besprechungsraum vor. Das Essen wurde ab halb elf von einem Partyservice geliefert. Sie deckte die Tische und kochte schon mal drei Kannen Kaffee nebenbei.

Der Kaffee für die Dienststelle wurde sonst von Melanie Treucke normalerweise ab sieben Uhr gekocht. Sie ist die neue Archivarin für diese Dienststelle und arbeitete vorher in der Stadtbücherei Hannover. Seit dem fünfzehnten September wurde sie von Henni eingearbeitet.

Wobei die Einarbeitung kaum nötig war. Melanie war perfekt ausgebildet und bereits mehrere Jahre in der Bücherei tätig gewesen. Henni weihte sie in die Dienststelle mit all seinen Besonderheiten ein, nachdem sie morgens um neun Uhr offiziell allen vorgestellt wurde.

Melanie kam heute etwas später zur Dienststelle, da sie noch einen Blumenstrauß für Edmund besorgen sollte. Sie stellte ihn mit einer Blumenvase in die Ecke in Edmunds Büro. Dieser war schon seit acht Uhr in einer Dienstbesprechung beim Dienststellenleiter. Er bat sie gestern Abend, den Blumenstrauß einfach dort abzustellen.

Dann eilte sie schnell zu ihrem Arbeitsplatz, warf ihre Tasche unter den Tisch und stieg die Treppen zum Besprechungsraum hinauf, um Henni zu helfen.

„Guten Morgen Henni, man, das sieht schon echt spitze aus."

„Guten Morgen Melanie, danke, aber könntest Du bitte der Mannschaft unten in der Dienststelle erst mal eine Kanne Kaffee kochen, sie jammern schon ein bisschen."

„Du kommst hier allein zurecht?", fragte sie Henni. „Nee, es ist noch so viel vorzubereiten, komm bitte anschließend schnell wieder hoch!"

„Okay, mach ich, soll ich noch etwas von unten mit hierherbringen?"

„Nein, aber hier ist mein Autoschlüssel. Im Kofferraum ist noch eine Kiste Sekt. Kannst Du bitte einem der Männer Bescheid geben, sie mögen Dir helfen."

Melanie nickte, nahm den Schlüssel und verschwand. Henni faltete weiter die blauweißen Servietten bezugnehmend auf die Flaggenfarbe von Neuseeland. Sie freute sich schon auf dieses ferne Land. Die Reise hatte sie für Januar bereits gebucht, da dort, laut Internet, die beste Reisezeit sein soll. Sechs Wochen soll der Trip mit ihrem Mann dauern. Beide haben bereits mehrere Jahre dafür gespart, um einmal diesen Kontinent zu bereisen. Auf dem Rückweg fliegen sie noch über Sydney und bleiben dort für drei Tage um dann anschließend über Singapur wieder nach Deutschland zu kommen. Ihr Ehemann ist bereits seit Mai 2017 im Ruhestand und hatte viel Zeit, diese Reise vorzubereiten.

„Wo soll ich den Sekt hinstellen?" erkundigte sich Andre, der wie auf leisen Sohlen in den Raum trat.

Leicht erschrocken zuckte Henni zusammen und schaute von ihren Servietten mit großen Augen auf Andre.

„Danke Andre. Bitte stell die Kiste dort ab", und zeigte mit dem Finger in die Richtung Beistelltisch.

„Soll ich den Sekt schon öffnen oder doch erst in den Kühlschrank stellen?"

Henni überlegte kurz und befahl: „Bitte doch erst in den Kühlschrank! Es ist ja erst kurz nach halb zehn, danke Andre."

Gleich darauf trat Melanie in den Raum und trug den O-Saft ebenfalls in Richtung Beistelltisch.

„Ich habe den O-Saft auch gleich mitgebracht, der hinter dem Fahrersitz stand."

„Ach ja, den hätte ich glatt vergessen. Ich werde nun doch ein bisschen nervös wegen nachher."

„Ist doch auch normal, wenn man nicht weiß, was bei der Verabschiedung noch alles geschehen wird."

Kaum hatte sie es gesagt, ärgerte sie sich, fast etwas verraten zu haben.

Henni schaute Melanie fragend an, machte dann aber bei den Vorbereitungen weiter.

Edmund kam pünktlich um 10:00 Uhr aus der Besprechung heraus und ging eilends in sein Büro.

Er bestaunte den großen Blumenstrauß in der Ecke, griff zum Telefonhörer und rief bei der Staatsanwaltschaft an.

„Guten Morgen, hier spricht Hauptkommissar Schaft, ich sollte Frau Roggenpohl zurückrufen. Können Sie mich bitte verbinden?"

Die Sekretärin von der Staatsanwältin antwortete: „Guten Morgen Herr Hauptkommissar, Frau Staatsanwältin ist auch gerade zurück und ich stelle Sie nun durch, einen Augenblick, bleiben Sie bitte in der Leitung!"

Augenblicke später meldete sich Frau Roggenpohl: „Guten Morgen Herr Schaft. Sie wollen bestimmt etwas über den Fall „Darius Meier" erfahren, nicht wahr?"

„Richtig, gibt es neue Erkenntnisse?"

„Ja, gibt es! Ich habe mich bis eben gerade mit ihm und seinem Anwalt auseinandergesetzt. Wir haben eine Lösung erarbeitet. Herr Meier hat ausgesagt, dass er von Frau Rubel gezwungen wurde, die Leiche zu verstecken. Und die Tatsache, dass er wesentlich dazu beigetragen hat, dass der Fall so schnell beendet werden konnte, mildert aus meiner Sicht die Straftat ab. Aber ich habe ihn auch daraufhin aufmerksam gemacht, dass es trotzdem eine Straftat darstellt und ich weitere Straftaten bei ihm nicht so human abtun werde. Außerdem haben wir uns geeinigt, dass er fünfzigtausend Euro an ein Kinderhospiz als Strafspende überweist. Da er ja noch genug Geld vom Lottogewinn auf seinem Konto hat, ist er aus meiner Sicht mit einem blauen Auge davongekommen."

„Vielen Dank für die Erläuterungen Frau Roggenpohl, na da kann sich Herr Meier ja freuen."

„Naja, er muss jetzt ein Leben lang damit klarkommen, dem Ehemann Detlef Mende in die Augen zu schauen, denn so wie ich es von ihm hörte, waren alle vier irgendwie befreundet. Kann ich noch etwas für Sie tun Herr Schaft?"

„Nein, vorerst nicht, vielen Dank und schönen Tag noch für Sie."

„Ihnen auch", sagte Frau Roggenpohl und mit einen freundlichem „Bis zum nächsten Fall", beendete sie das Gespräch.

Nach dem Telefonat schaute Edmund noch seinen Posteingang am PC durch, schrieb Anweisungen an seine Kollegen und machte sich Notizen aus diesem Fall in den Personalakten, zwecks Beurteilung.

Um fünf Minuten vor elf Uhr verließ er sein Büro mit dem Blumenstrauß in Richtung Besprechungsraum. Der Dienststellenleiter wartete mit dem Dezernatsleiter aus Hannover vor seiner Tür auf den Hauptkommissar, um gemeinsam in Richtung Besprechungsraum zu gehen.

Langsam füllte sich der Raum mit allen Mitarbeitern, die Henni eingeladen hatte. Es waren viele und an den Notfalltelefonen saßen heute Kollegen aus Bennigsen, damit alle Beamten aus Ronnenberg teilnehmen konnten.

Pünktlich um elf Uhr betraten der Dienststellenleiter mit Edmund, sowie der Dezernatsleiter, den geschmückten Besprechungsraum. Es wurde still und Henni bekam vor lauter Aufregung einen Hitzeschub.

Henni ergriff als Erstes das Wort und bedankte sich, dass alle ihrer Einladung gefolgt waren.

Sie wollte schon allen zuprosten, als der Dienststellenleiter das Wort ergriff.

„Sehr geehrte Frau Steger, auch wenn ich Frauen sonst gern den Vortritt lasse, heute möchte ich vorher ein paar Worte an Sie richten. Als Erstes: Danke für das leckere

Buffet, doch bevor Sie es eröffnen können, muss ich Sie doch noch einmal nach vorn bitten, damit sie von allen gesehen werden."

Henni wusste nicht, was das jetzt sollte, tat aber, wie ihr befohlen wurde. Dann verlas der Dienststellenleiter feierlich die Worte aus der mitgebrachten Urkunde:

„Im Namen des Volkes danke ich Frau Henriette Steger für 40 Jahre Dienstzeit als Beamtin des öffentlichen Dienstes in Niedersachsen. Unterschrieben vom Oberbürgermeister aus Hannover zum 15.09.2017. Herzlichen Glückwunsch Frau Steger", sagte der Dienststellenleiter, schüttelte ihre Hand und überreichte ihr die Urkunde und eine Anstecknadel.

Daran hatte sie überhaupt nicht mehr gedacht. Jedoch sie wusste, dass damit auch eine Einmalzahlung von zwei Monatsgehältern zusätzlich auf ihr Konto überwiesen wurde.

Alle im Saal applaudierten Henni zu, denn keiner, außer Edmund und Melanie, wussten von dieser Ehrung für Henni. Nachdem auch Edmund ihren Lebenslauf in Kürze herunterbetete und sich ebenfalls für die geleistete Arbeit bedankte, überreichte er einen Reisegutschein für die bevorstehende Neuseelandreise, ein Buch darüber, ein Bilderbuch mit allen Mitarbeitern aus dieser Ronnenberger Polizeidienststelle, sowie die Blumen an Henni.

Henni bedankte sich unter Tränen in ihrer Ansprache bei den Kollegen und erzählte noch einige lustige Begebenheiten aus ihrer Dienstzeit. Anschließend eröffnete sie das herrlich duftende Kalt-Warme-Buffet. Jeder hatte ein Sektglas in der Hand und prostete Henni zu. Natürlich war es Hennis Lieblingssekt, der heute ausgeschenkt wurde.

Ein eiskalter, roter Sekt.

ENDE

Dieser Roman ist ein Produkt meiner eigenen Fantasie.

Jegliche Ähnlichkeit mit realen Personen – lebenden oder toten – und Geschehnissen wäre reiner Zufall. Die örtlichen Gegebenheiten entsprechen ungefähr den tatsächlichen Gegebenheiten, doch ich habe mir die Freiheit genommen, von der Realität ab und zu ein bisschen abzuweichen.

Danksagung:

Vielen Dank all denjenigen, die mir immer wieder Mut gemacht haben, dieses Buch zu veröffentlichen. Hier in alphabetischer Reihenfolge:

A.: Sie hat mich immer wieder animiert weiter zu schreiben. Sie las schneller als ich schreiben konnte.

D.: Danke für die medizinische Unterstützung.

J. und M.: Konnten mir sachdienliche Hinweise zur Polizeiarbeit geben.

M.: Wie ticken Jugendliche heute?

P.: Erstellung der Bilder und Cover

St.: Danke fürs Mut machen, sowie für die Hinweise zur Veröffentlichung eines eigenen Buches.

Ein ganz besonderer Dank geht an meine Familie, die in der Zeit des Schreibens und der eigenen Veröffentlichungsarbeit, nicht immer die volle Aufmerksamkeit von mir erhielten.